愛呦文創　愛呦文創

©《High School Return of A Gangster -2- 黑幫變成高中生》
ol)◎著、芙蘿拉◎譯、九月紫◎封面繪圖、60◎Q圖繪圖、愛呦文創◎出版

愛吻文創

本文為虛構故事，含一些敏感內容
關心您：再給自己一次機會，勇敢求救並非弱者；
生命線 1995、張老師服務專線 1980、衛福部安心專線 1925

愛呦文創

High School Return
of A Gangster
黑幫變成高中生 02

目錄
CONTENT

第一章

你沒做錯任何事，
不必無故地感到氣餒

金得八一提出要一起學習，崔世暻首先做的就是找一個隔音效果好的K書中心，他們租了一間四人包廂。

進入寬敞的包廂後，金得八便遞出他從未與人分享過的期中考成績單。崔世暻罕見地失去了笑容說道：「宋理獻本來成績是中等的……」

「我搞錯考試範圍了，而且，這是我第一次考試……不對，算了。」金得八氣憤地想要反駁，但又收了口。

這一輩子，金得八除了鑑定考試和大學入學考試外，從未在學校裡參加過正式考試，聽到要考四天的期中考時非常驚訝，但堅信「只要努力就會有好結果」這種直率想法的他，即便是在唸書上也沒有改變。

金得八雖然很認真地準備了，但在考試第一天仍不免緊張，導致屢屢出錯，連自己是怎麼作答的都忘了。

像是攀越了一座大山般，回家後感到疲憊不堪的他在不知不覺睡去，直到午夜才驚醒，趕緊復習下一個考試科目。

第二天，他在看試卷時發現了異樣，第三節課的考試連續出現了非範圍內的題目，跟金妍智確認後，原來金得八一直在準備的內容與期中考無關。

「喂，我唸錯地方的時候，你應該要告訴我呀！」金得八一想到這件事就氣憤不已，便對無辜的崔世暻發洩了怒氣。

因為覺得丟臉，所以沒有跟其他同學提及此事，但一想到自己唸了完全不同的內容，他仍會半夜驚醒，一腳踢掉被子。

「我以為你在準備模擬考。」

金得八無法反駁，沉默了一會兒，無奈地補充了一句：「不過，我三月的模擬考成績還不錯。」

按照崔世暻的標準來看，並不認為這是個好成績，所以沒有表示同意，只是假裝沒聽見，專心地看著成績單，他第一次看到這樣的名次，好奇到不知不覺地說出了真心話：「唸書唸得好像會考全校第一名那樣，但是……」

「你考得好嗎？」人被忽視也要有個限度，金得八覺得自己的努力全被敷衍了，於是提出反問。

崔世暻從背包裡拿出期中考的成績單遞給金得八，他今天正好有升學諮詢，所以帶著成績單。

1 / 27

1 / 340

金得八不敢相信自己的眼睛，就算搶過成績單仔細查看也是一樣，每個科目的排名、全校排名上都印著數字　，金得八緊咬著嘴唇，那張薄唇被咬得通紅。

「……拜託你了。」

崔世暻這幾天和假的宋理巘一起唸書，發現對方的優點是不輕言放棄。

如果模擬考成績接近全校倒數第一，可能會讓人感到灰心並想就此放棄，但是金得八跟崔世暻確認考試範圍後，同時準備起期末考和大學學測。

今天也是金得八主動接近，輕拍他的肩膀，提議一起去K書中心。

在一間擺放了四張書桌的包廂裡，宋理獻和崔世暻並排坐著，宋理獻小心翼翼地打開了書本，聽說崔世暻特別討厭他人製造的噪音——真是個麻煩的傢伙，這臭小子的矯情程度真是前所未見。

覺得不爽的金得八一邊在心裡嘀咕，一邊刷卡支付了包廂的費用，他們說好下個月換崔世暻付錢。

正如先前那些想組織學習小組的男孩們所期望的，和崔世暻一起學習的效率確實很高，尤其對於年紀大了才開始學習，沒有技巧地死記教科書的金得八來說，這種學習方式特別有效。

金得八今天也在看崔世暻影印給他的學習文件，對此還來不及感到讚歎，崔世暻很快地又分享了一位家教老師提供的資料。

這位家教老師只收財力雄厚且擁有政商關係的學生，崔世暻要金得八只需要背他用螢光筆標出的部分。

「呃——」

一動也不動地學習了一個多小時，金得八因身體僵硬，伸了個大懶腰，並不由自主地發出呻吟，擔心打擾到崔世暻，又趕緊捂住嘴巴，隔著隔板偷看坐在旁邊的崔世暻，發現他正全神貫注看著題本。

第一章
你沒做錯任何事，不必無故地感到氣餒

——真是個狠角色，也太有毅力了吧！

金得八對崔世暻驚人的專注力感到反感又佩服，他心裡叨念著這些既像是罵人又像是讚美的話，同時悄悄推動椅子，打算出去透透氣，正要從崔世暻背後走過，卻突然被人緊緊抓住了手肘。

「啊！靠，嚇死人了，出點聲音吧！」

「你要去哪裡？」

專注力被打斷的崔世暻，不知不覺就抓住了金得八的手肘。

崔世暻緊箍的動作讓金得八感到疼痛時，他硬是把手扯開，「我要去外面透透氣，想去的話，就一起吧。」

金得八用肩膀推開了通往屋頂的門，仔細觀察著屋頂，穿過建築物之間的晚風輕輕拂過他的臉。

塗了綠色防水漆的屋頂，雖然沒有任何燈光，但是霓虹燈和自動販賣機的光線淡化了周圍的黑暗。

自動售賣機的前面，擺放著印有碳酸飲料商標的塑膠桌和椅子，金得八從一個黑色塑膠袋中拿出辣炒年糕、血腸和炸物，放在桌面上。

看到崔世暻坐下並拿著木筷子，金得八便開始像戰鬥般，狼吞虎嚥地吃著辣炒年糕和

血腸，當他將血腸浸入辣炒年糕的湯汁後大口享用時，感覺到了一道銳利的目光，金得八一邊吃著辣炒年糕，一邊問道：「看什麼？」

「你吃得真好。」

「你也專心吃吧。」

然而，崔世暻似乎對辣炒年糕興趣缺缺，只是隨意從中挑出幾塊魚板和蔥，慢條斯理地吃著。

金得八吃得很香，將碗裡的食物一掃而空，但他始終沒有動崔世暻的那份，當他發現崔世暻幾乎都沒吃，便放下了筷子問：「怎麼了？又有什麼問題？」

「沒有問題。」崔世暻不滿地咬了一下筷子尖。

——他母親在生崔世暻的時候，禁繩上只掛了松枝，沒掛紅辣椒嗎[1]？挑剔的程度真是無人能及。

金得八把免洗碗推向崔世暻說道：「沒問題的話那就大口大口地吃吧！細嚼慢嚥會讓福氣飛走的。」

「……太辣了。」

「這個？」

即使在黑暗中也能看見崔世暻的臉紅了，金得八想起在福利社吃泡麵的時候，崔世暻只是隨意撈著麵條，幾乎沒怎麼吃。在黑幫時期，也有個手下吃不了辣，一旦說出自己不能吃辣，就會被輕視，結果被逼著吃完後整夜在廁所裡徘徊，金得八想到那個人，決定支持崔世暻。

「吃不了辣是缺陷嗎？也有不能吃泡菜的韓國人啊，吃血腸吧？」

這一次，崔世暻仍猶豫不決，然後小聲地坦白說：「……有腥味。」

「嗯……對，這家的血腸是有點腥味。」

金得八尷尬地撓了撓後腦杓，把炸物推了過去，不過，崔世暻的猶豫並未減少，看來他也不喜歡炸物，可能有什麼原因。

崔世暻的父親是一位清廉的檢察官，所以崔世暻沒有財閥階層的特權意識，但他確實是在富裕環境中長大，他不怎麼吃路邊小吃就是一個明顯的例子。

崔世暻一邊把炸物推回去，一邊說話：「你多吃點。」

「喂，你要是吃不了就直接說，不要讓人尷尬。」

他只是喜歡看金得八在路邊攤挑選小吃的樣子，不想破壞對方臉上燦爛的笑容，無論眼前這個男孩是宋理獻還是別人，現在對他來說已經不重要了，於是露出了一個宛如畫作般的微笑後，崔世暻說：「你吃得開心就好了。」

——這小子，還挺會說話的嘛！

金得八用一句簡短的評論下了結論，聽著那讓人心動的話後，隨即抓起了炸魚餅，酥脆的炸衣在嘴裡碎開。

注釋① 紅辣椒：在韓國傳統的出生文化中，小孩出生時，主人家會在門前懸掛一條禁繩，以禁止外人出入，時時昭示小孩的誕生。外人可以根據禁繩上掛的東西辨別出生的是男孩還是女孩。生男孩時，禁繩會掛松枝和紅辣椒；生女孩時，禁繩會掛木炭和松枝。紅辣椒象徵男孩的生殖器，木炭則象徵純潔，松枝象徵著生命的不息和堅強的意志。

金得八獨自吃完晚餐，輕拍著凸出的肚腩，宋理獻的胃好像很小，每次吃完飯，他那原本消瘦的肚子就會鼓起來，雖然很快就會消下去，但看起來不大雅觀，所以他在外面從不讓人看見。

直到被觀察力敏銳的崔世暻注意到，在K書中心第一天晚上那鼓起的肚子後，金得八就開始自在地拍打自己腹部。

崔世暻把鈔票放入自動販賣機後，回頭看了一下。

「你要喝什麼？」

「可樂。」

「喝熱的吧。」

——那你幹麼問我呀？

金得八不耐煩地重複說道：「可樂。」

「你的手很冰。」

金得八再怎麼努力鍛煉，始終無法完全克服宋理獻身體上的某些弱點，他還是金得八的時候從未感受過這種寒冷，因此並不知道長時間暴露在冷風中，會讓身體逐漸變冷。

當崔世暻不經意地觸碰宋理獻的臉頰，感受到手背的溫暖時，這才意識到自己已經冷到凍僵，金得八便不再堅持要喝可樂。

崔世暻取出了一瓶飲料後，又向自動販賣機投入了一張鈔票，鈔票可能因為皺摺被自動販賣機吐了出來，崔世暻在自動販賣機前面將鈔票壓得平平的，他那寬闊的肩膀配上寬大的背部，隨著動作有節奏地擺動。

如果靈魂能夠選擇要進入的身體，金得八絕對不會選擇像宋理獻這樣瘦弱的身體，反而會傾向於選擇像崔世暻這樣均衡發育的體格，儘管可以透過增肌使身形變大，但身材比例和肌肉質地卻是與生俱來，崔世暻便是天生就擁有這樣理想的身材。

金得八在黑幫的時候，也曾熱衷於健身，對此產生了興趣，「你都做什麼運動？」

「週末偶爾打打網球或游泳，或是有空時會騎自行車。」

「你沒有做格鬥訓練嗎？」

金得八覺得他身材上下比例協調，如果練柔道應該會很厲害，於是繼續追問：「沒有人建議你練柔道嗎？」

「有，但是我爸反對。」崔世暻拿了兩罐飲料過來坐下，扔給他一罐巧克力牛奶。

金得八輕鬆接住，感受著罐身的溫度，然後打開飲料罐，甜甜的巧克力味，雖不如汽水，但能舒緩辣炒年糕引起的舌頭不適。

「你爸為什麼反對？」

「因為他告誡我不要去傷害別人。」

「你爸很了不起，但你怎麼會這個模樣？」

崔世暻喝著飲料，稍顯不悅地挑了挑眉毛。

金得八咯咯地笑著，大口喝著他的熱巧克力，這讓他看起來一點也不狡猾，反而更像是個淘氣的男孩。

崔世暻盯著他的笑容看了一會兒，然後開口說話：「你呢？」

現在換成嘴裡滿是巧克力牛奶的金得八挑了挑眉，這是在暗示對方提問要完整。

「你爸爸是怎樣的人？」

不知道該說哪位父親，金得八先喝了一口飲料。

金得八的父親信奉長子成功，家族才會興旺的信念，所以不讓他去上學，而是要求他去賺取哥哥的學費。

年紀增長，往事變得模糊，但那些不愉快的回憶卻格外清晰，金得八露出苦澀的笑容，他不想講自己的故事，於是開始說起宋理巚的家庭情況。

「那傢伙兩邊都有家庭，是一間建築公司的會長。」

「啊。」崔世暻發出短促的驚訝聲，重新調整了坐姿。

金得八又補充了幾句，以免讓崔世暻感到不舒服，「你應該看過他的臉，常坐著輪椅出現在新聞裡。」

坦白說，金得八聽到宋理巚的生父是誰後也感到很驚訝，祕書李美京每次提到會長都誠惶誠恐，這激發了他的好奇心，因此試探性地問瑞山大嬸最近會長為什麼沒來，沒想到從瑞山大嬸口中得知，他是韓國首屈一指的建築公司會長。

——果然只要求一間公寓是不夠的，該不該要求一棟大樓呢？

在思考如何讓即將回來的宋理巚的靈魂能安逸生活的同時，也想到了宋敏書。

如果宋敏書無法戒除酒癮，宋理巚將難以忍受。這時，金得八呼喚了崔世暻：「喂，如果以後……」

崔世暻見過宋敏書，大致了解他的家庭情況，他原本打算請崔世暻在宋理巚的靈魂歸來時幫助他過得更好，但金得八很快改變了想法。

雖然崔世暻很擔心宋理獻，不過他們的關係並不親密，要他連宋敏書都照顧的話，似乎是給了過重的負擔，於是又改口：「不，不用了。」

「你想說什麼？」原本就是個神祕人物的金得八，話說了一半就停下來，這讓崔世暻繼續追問。

當崔世暻擺脫了找尋宋理獻的壓力後，對眼前這個假扮宋理獻的人感到好奇。

「我說你長得很帥。」金得八試圖轉移話題，隨口講了言不由衷的話，敷衍地將空罐子扔進了垃圾桶。

然而，這只是讓崔世暻的好奇心加劇。

「……你為什麼要假裝宋理獻生活？」

「因為我想上學。」

金得八以一副飽足的貓般的表情，慵懶地回答，看來不像是在撒謊。

原本以為對方不會透露，沒想到假宋理獻會這麼輕易地開口。

——是因為吃飽了所以心情好嗎？

崔世暻半信半疑地問道：「宋理獻，現在在哪裡？」

「我也想知道。」

「如果宋理獻回來，你打算怎麼辦？」

「休息吧。」

「……去哪裡休息？」

「某個好地方。」金得八本來想指向天空，但覺得透露這麼多似乎不妥，於是讓伸出的食指轉了一圈。

崔世暻覺得心情沉重，一旦原來的宋理獻回來，假宋理獻就不會在這裡了，這本是理所當然的事，但崔世暻卻一點也不覺得痛快，他們才剛認識幾個月，對彼此的了解也有限，他無法接受對方可能會突然消失的事實。

好奇所謂休息的地方，是否就是對方手指所指的方向，崔世暻跟著假宋理獻所指的方向轉頭。

壯闊的城市夜景如璀璨的浩瀚海洋般在眼前展開。

不夜城的夜色逐漸變深了。

轎車駛進車庫並熄火，崔世暻拿出手機確認時間，晚上十一點十五分。

從跟崔明賢說要去K書中心之後，家裡就規定了晚上十一點的門禁，每次搭乘接送車回到家總是這個時間。

坐在駕駛座的年輕男子轉身看向後座，那天晚上崔世暻和金得八吵架後回家，隔天崔世暻的司機就被換了。新的司機來自私人保全機構，是個年輕且身材健碩的男人，能在「突發事件」中輕易制伏崔世暻。

「學習到這麼晚，辛苦了。」

「謝謝你這麼晚還來接送我。」對這個平易近人且擅長搭話的司機，崔世暻給了適當的回應。

司機的職責是晚上十一點去接崔世暻，但是他晚上八點去買零食的時候，經常看到司機在便利商店吃杯麵，他沒有問司機為何每天晚上都在同一間便利商店吃晚餐的這種尷尬問題。

但崔世暻想告訴司機，如果應父親之命進行監視，就應該要低調行事，所以他選擇用一個溫和的問候代替這樣的忠告。

「路上小心。」

崔世暻通過車庫的樓梯走上客廳，在只開著間接照明的客廳裡，連平時會等他回家的崔明賢也不在，崔世暻覺得奇怪，環視了一下空無一人的客廳後，卻在他準備上樓時，聽到了爭吵聲，他瞬間停下腳步，注視著傳出聲響的走廊，隨即脫下了拖鞋，穿著襪子的腳在光滑的大理石地板上悄無聲息地滑行。

聲音從略微敞開的臥室門縫中傳來。

「……因為過去的事……錯誤……停止吧！」

崔世暻低頭，目光落在昏暗走廊中劃過的一道光線上，這一幕與母親憤怒的聲音一樣，並未引起他任何的情緒波動。

「你要這樣到什麼時候？就是因為你，孩子才會走偏！」

崔世暻的母親有時會難以承受崔明賢對崔世暻施加的壓力，她知道崔明賢是個清廉正直的人，所以才和他結婚。最初，她也支持崔明賢嚴格教育兒子，但當崔明賢的行為過於極端，甚至近乎偏執時，她終於難以忍受。

「你看他這次被打了！你知道世暻為什麼會只挨打而不敢還手嗎？就是害怕我們懷疑他啊！」

幾週前，兒子深夜外出遭人毆打，只是挨揍且沒有做正當防禦，儘管現在他臉上的傷已經痊癒，沒有留下疤痕，但疤痕消失並不代表這件事沒發生過。

無論父母怎麼追問，崔世暻只是堅稱他與一些不良少年發生了衝突，解釋著自己因爲感到沉悶而出去散步，途中碰到了他們，打了一架後對方卻逃跑，由於天色昏暗，他並沒有看清楚那些不良少年的臉。

崔世暻在父母面前解釋了那天晚上發生的事，雖然他的左臉頰腫得厲害，但是他在談及此事時顯得相當冷靜，就像在談論別人的事一樣，甚至偶爾會露出微笑，表示幸好沒有人受傷。

崔世暻似乎並不期待別人擔心他的傷勢。

「我們過於逼迫世暻了，不能再這樣，現在他根本不依靠我們！」孩子遇到困難卻不依靠父母，這讓身為母親的她深感心痛。

一個低沉的聲音響起：「不要有那種想法，這才是最好的方法，妳也知道世暻是個怎樣的孩子。」

「那時他才六歲，什麼都還不懂！現在他已經十九歲了，不會像那時一樣推人。」崔世暻的母親回想起他六歲時的行為，聲音變得顫抖：「那是很久以前的事了，都過去了十幾年，知道我們的世暻做過錯事，也知道他和普通人不一樣，但現在他已經十九歲了……這些年來不是什麼事都沒發生嗎？老公，我求求你，停止吧……」

顫抖的聲音變成了啜泣，可能是崔明賢將她擁入懷中，哭聲像被棉被覆蓋，變得低沉且沉悶，這哭泣聲取代了爭吵。

當沒有更多內容可以聆聽時，崔世暻轉身離開了。

——啊，好煩喔。

崔世暻將手指纏繞在領帶上，用力拉扯，然而，這樣做仍無法消除他的窒息感，他覺得快喘不過氣來。

——我還要忍耐多久？這十多年來，我一直壓抑著自己，規矩地生活，只因為一晚的外出就讓父母爭吵和哭泣，還讓母親對過去的事情悔恨、苦苦哀求……

——吵死了。

他按住了劇烈跳動的太陽穴。

六歲時發生的那件事，至今仍讓他感到窒息。

三月時，金得八光是跟上課業進度就覺得很吃力，但現在他竟然還有餘裕偷懶，距離午休時間的下課只剩十分鐘，雖然金得八為了面子正襟危坐，但是內心和其他學生一樣，已經迫不及待地想要在鐘聲一響就衝出教室。

上了年紀的歷史老師剛寫完黑板的字，一轉身就看到幾個迫不急待要衝出教室的學生，於是對他們說：「孩子們，不要用跑的，會受傷。好，這節課就上到這邊——班長，下課了。」

然而，崔世暻卻沒有站起來，他坐在靠窗的位置，托著下巴，呆呆地望著窗外。

「班長。」

「……」儘管再次被老師點名，崔世暻還是呆呆地望著窗外，直到他的同桌用手肘戳了戳他，這才讓崔世暻回過神來，急忙站起，但歷史老師搖了搖手。

「不用敬禮了，崔世暻，你最近是怎麼了？晚上還到處亂跑嗎？學生啊，光是學習時間都不夠了，嘖嘖。」

老師講的是幾週前崔世暻被金得八揍的那件事，可能是他平時沒有什麼缺點，所以有些老師會拿這件事來斥責他。

一些學生的臉色因為老師的行為變得陰沉，但崔世暻卻只是含糊地笑了笑。

「宋理巘！來踢足球吧！」

金得八吃完午餐後，嘴裡吸吮著福利社買的棒棒冰，突然被班上的男生叫住了，一邊往運動場走，一邊揮舞著手臂，他們打算利用剩下的午休時間踢一場足球。

「喂！沒聽到嗎？」

每次午休都最先到運動場的宋理巘沒有過來，他們跑上前想要搭肩將他帶到運動場，但金得八躲過了那些散發著汗味的腋下。

「今天 PASS。」金得八每天和這些青少年混在一起，耳濡目染之下也學會了不少年輕人的用語。

「啊，為什麼？」

最會踢球的宋理獻要在才有趣，聽他說不來，不滿的抱怨聲四起。

「我很忙，有事要做。」

「什麼，你要去唸書嗎？你的在校學業成績不是已經完蛋了嗎？放棄吧！和我一起去找工作吧！」

一名知道金得八期中考成績的男生，試著把手搭在他脖子上，想將他拖到運動場，卻在下一秒突然發出了尖叫：「呃——啊！啊！」

金得八抓住環繞在他脖子上的手，迅速解開後將男生的手臂扭到他的背後，該名男生努力想要掙脫，揮舞著拳頭，但宋理獻的纖細手腕堅持不放，體型較大的男生被瘦小的宋理獻制服，其掙扎的模樣引來了哄堂大笑。

金得八放開後，得到解脫的男生臉色變得通紅，氣急敗壞地咆哮：「超痛的！」

「你有種就再說一次那種話試試。」

「你看不起找工作嗎？」

即使男生暴跳如雷，金得八仍然吸吮著嘴裡的棒棒冰，他甚至還從學生那裡學會了比中指這種粗俗的手勢。

因為宋理獻還穿著長袖制服，所以沒有看到他身上緊實的肌肉，同班的男生們只覺得他小巧可愛，俊秀的臉龐也很吸引人，也總喜歡撫摸身材矮小的宋理獻的頭髮，享受著那柔軟短髮的觸感。

「理獻說他想上大學，你這是在說什麼鬼話？」

「好，讓理獻唸書吧！宋理獻，考進首爾的大學吧！」

他們說笑著，不過很快就被那個瘦小的宋理獻踢飛，摔倒在地滾了一圈。

金得八揮舞著掛在手腕上的黑色塑膠袋走進保健室。

在老師面前，他會自然而然地變得謙恭，雙手合十地詢問保健老師在不在，但迎接他的只有保健室的寧靜，於是金得八在隔板間四處張望，終於發現一個躺在床上，被子蓋到頭頂的人型，似乎是他在找的那傢伙，便直接掀開了被子。

被驚動的崔世暻躺在床上，因為光線刺眼，瞇起眼睛往上看。

「你不熱嗎？」金得八朝崔世暻扔了一個黑色塑料袋。

崔世暻撐著床坐了起來，滑落到一旁的黑色塑膠袋裡滾出了麵包和飲料。

金得八很自然地拖了一張椅子過來，坐在旁邊說起話：「福利社的麵包我都吃過了，這個最好吃。」

他因為擔心崔世暻沒有吃午餐就去了保健室，所以從福利社買好東西才過來，但崔世暻沒有吃麵包，只打開了飲料，這讓他有些不高興。

「人就要按時吃三餐啊！男人如果連自己都照顧不好，怎麼養活妻兒？」金得八一邊吸吮著棒棒冰，一邊斥責著。

崔世暻好像聽到有趣的話，笑著倚靠在床上，他的心情似乎好多了，眼神中帶著頑皮的光芒：「你不能養我嗎？」

「你一吃東西就會開始胡言亂語嗎？」

「我在家不受歡迎。」

「為什麼不受歡迎？」

「因為我是白痴。」

原本還頗為認真聆聽的金得八，似乎有點不耐煩，一邊吮吸剩下的冰，一邊說話：「小屁孩。」

崔世暻像是聽到了不該聽的話而皺起了眉頭，金得八隨即弄亂了他的頭髮，即使崔世暻試圖躲開，金得八還是追上去弄亂他的頭髮，讓他那頭茂盛的頭髮變得凌亂。

「你最近精神恍惚，我還以為你出了什麼事了，白痴說自己是白痴的話，哪個白痴會有意見呢？好好活著吧！我走了。」

金得八吃完棒棒冰，像是完成使命似地站起準備離開，崔世暻本能地抓住了他的手腕，雖然很快就放開，但轉頭時耳朵變得通紅。

金得八覺得他很可愛，於是又坐回椅子上，「在我來到這裡遇見的傢伙中，你的確最白痴。」

崔世暻一整理好自己凌亂的頭髮，金得八又再次把它弄亂。

「你以為我會哄你嗎？」

「沒有。」

聰明的傢伙這麼做，不過是想撒撒嬌，班上的同學經常以訴苦的名義，向金得八尋求諮詢。

金得八雖然不善言辭，但他總是安靜地傾聽，所以成為了同學們傾訴心事的好對象，在校園裡散步時所進行的諮詢，最後總是在福利社結束。

金得八在福利社給同學買零食時所說的話，他也對崔世暻說了：「你父母會因為討厭你才那樣做嗎？他們都是為了你好。」

聽到這樣典型的安慰，崔世暻先是發出像是肺部漏氣般的笑聲，突然間想到宋理獻的母親，迅速坐了起來。

這才意識到自己剛才的撒嬌行為，嘴角緊繃了起來，「對不起，我剛才的行為舉止幼稚得像個小孩。」

「算了，我不介意，你會這樣說，表示你確實承受了不少壓力。」

想到之前在自修室，男生們想要組學習小組時，他就像傻瓜似地讓步，還有被父親斥責有門禁不能晚歸……等等，從他這個年紀還不懂得爭取來看，父親的影響顯然不小。

金得八幫崔世暻整理了被他弄亂的頭髮，蓬鬆的髮絲很快就被壓平，但要照崔世暻平常的樣子將頭髮分好，確實有些困難。

金得八一邊回想崔世暻平時的髮型，一邊在他的頭髮間游移著手指，小心翼翼地說道：「你沒做錯任何事，不必無故地感到氣餒。」

「……」

金得八盡量不讓崔世暻發現他那散亂的頭髮已經完全失控，從兩邊抓住頭髮，再次對發愣的崔世暻提出問題：「聽懂了嗎？」

「……嗯。」

「嗯，真乖。」金得八試著再次整理那已經失控的頭髮，崔世暻在感受到手指的觸摸時閉上了眼睛。

金得八可能不知道，從來沒有人告訴崔世暻這不是他的錯，他的這句「你沒有做錯任何事」對崔世暻來說，不只這一刻，而是他的整個人生都相信了這個說法。

——不是我的錯。

閉著眼睛的崔世暻，他那長長的睫毛隨著情感的波動而輕微顫動。

會受到崔明賢的監控和壓迫，可能不是崔世暻的錯，僅憑這個可能性，就讓崔世暻有一種被救贖的感覺。

崔世暻牢牢記住了那個將他的頭髮弄亂的手指觸感。

❧ ❧ ❧

K書中心的書桌上散亂地放著題本、筆和便利貼……等等物品，可以根據學習科目調整亮度的檯燈，正投射出明亮的光線。坐在書桌前，抬頭可見的地方都貼著能激發學習動力的名言便利貼。

【自勝自強：唯有能勝過自己的人，才是真正的強者。】

【制定一個新目標和去實現一個新夢想永遠為時不晚。——C. S. Lewis】

儘管已經營造了最理想的學習環境，金得八卻連一個字都沒能讀進去，只是痛苦地掙扎著，他用拳頭按壓太陽穴，緊咬著嘴唇，為了壓抑住呻吟，嘴唇上留下了深深的牙印。

——啊，不行了。

金得八合上題本。

「喂，我要走了。」

「這麼早？」崔世暻疑惑地從隔板那邊探過身來，現在才晚上八點，金得八通常會配合崔世暻的門禁時間——也就是晚上十一點回家，從未提早離開。

「你生病了嗎？」

在檯燈的照明下，崔世暻的臉色顯得蒼白，他伸手開了房間的燈。

原本為了集中注意力而弄暗的房間變得明亮起來，只是房間變亮而已，那種必須保持安靜的壓力消失，金得八發出了罕見的痛苦呻吟：「嗚，我的關節好痛喔。」

「關節？」

「這個年紀居然關節炎，這怎麼可能？」金得八感到委屈，明明是十幾歲的身體，卻感受到四十幾歲才會經歷的關節炎疼痛，感覺就像是抽獎時不幸抽中了瑕疵品。

「哪個關節？」

「膝蓋和肘關節……其實每個關節都有痠痛感，好像也有感冒的跡象……很累，老是想睡覺。」金得八用手撫摸自己那乾枯的臉頰，他的臉色不大好，看上去就像是長期受到疼痛折磨的人。

崔世暻略微皺了皺眉，在身體痠痛的金得八想到關節炎時，十幾歲的崔世暻則有了不同的聯想，金得八所描述的症狀和幾年前自己和朋友們經歷的痛苦非常類似。

把椅子從書桌拉出來，接著拖拉金得八坐著的椅子扶手，他們面對面坐著，膝蓋互相碰觸。

「腳給我。」

「嗯？」

「你不是說會痠痛，我幫你按摩。」崔世暻抓住金得八的小腿，放在自己的大腿上。

金得八雖然有持續在健身，但是宋理獻的身體不是會長出巨大肌肉的體質，所以身上沒有突出的肌肉，而是線條優美且結實的體態。

崔世暻的手放在金得八的校服褲子上，從腳踝慢慢地撫摸到膝蓋，隨後輕柔地按摩著他的小腿。

金得八被嚇得僵硬地挺直了腰桿，但隨著那強而有力的手掌，舒緩了他的肌肉後，他感到放鬆，無力地靠在椅子上，閉上了眼睛。

「好像是成長痛。」

「啊……成長痛。」因為太久沒有聽到這個詞彙，金得八感到陌生。

崔世暻就像是在幫忙撓那些自己的手搆不到的癢處一樣，輕輕地揉搓著疼痛的肌肉，令他感到完全放鬆。

當感覺到金得八因爲自己的按摩手法而越來越放鬆時，崔世暻從揉捏膝蓋轉為輕柔地滑過，「小屁孩。」

「……別鬧了。」

當崔世暻用在保健室聽到的話回敬他時，金得八瞇著眼睛看著他。

當崔世暻看到金得八在自己的觸摸下變得毫無防備時，他感到一種難以言喻的喜悅，調皮地眨了眨眼，「成長痛現在才來。」

宋理巘當時因為食欲不振而未能長高，金得八的靈魂則大量吸收營養，身體就像吸收了養分的嫩新芽般快速生長，短時間內身高快速增長，帶來了劇烈的成長痛。金得八卻以為是關節炎，在膝蓋上貼了許多膏藥，當然都沒有效果，但當那些緊繃的肌肉被溫柔撫慰時，疼痛就減輕了。

「另一腳。」

崔世暻將已經按摩好的小腿放到一旁，並示意對方把另一條小腿放上來，可是卻沒有得到任何回應，等他抬頭一看，金得八已經抱著手臂睡著了。

半睡半醒之間，宋理巘的頭部搖擺不定，纖細的脖頸輕微彎曲，使頸部的肌肉更加明顯，他那如刀劃般的下巴，臉頰窄到幾乎一隻手掌就能覆蓋，輕柔的呼吸聲從他那薄薄的嘴唇中逸出。

崔世暻凝視著對方，然後抓起另一條腿，放在自己的大腿上，不過，本來打算按摩小腿的手稍微猶豫了一下，隨後緩緩滑進了校服褲子的褲管。

他的手掌觸摸到赤裸的皮膚，那裡的皮膚毛髮稀疏，質地柔軟又有彈性。

手被校服的褲管給卡住，無法從小腿的中間往上移動，崔世暻用手掌緊緊地包裹住小腿，這僅是皮膚接觸和體溫的分享而已。

可即便如此，還是讓他感到一陣熱潮和口乾舌燥，平凡的觸碰喚醒了他未曾有過的感覺，是一種笨拙而強烈的熱情。

崔世暻凝視著熟睡中的宋理獻，瞳孔微微地震動。

——心情好複雜，不大清楚這究竟是什麼感覺？也不知道這感覺是針對真的宋理獻？還是假的宋理獻？

轎車被紅燈攔住停了下來。

晚上十一點來接崔世暻的年輕司機，跟著收音機播放的流行歌曲敲打著方向盤，至少前任司機還算安靜，換了這個傢伙，甚至沒有問過是否可以開收音機，連基本的禮貌都沒有，司機似乎不自覺地瞧不起比自己年輕的崔世暻。

崔世暻轉動眼珠，注視著超出駕駛座椅的手肘。

——如果拉扯那個抓住方向盤的手臂的話，會怎麼樣呢？

——他應該會暫時安靜，然後對面的卡車可能會撞上來，最後駕駛座迎來新人坐上。

崔世暻將視線從司機的手肘轉移到遠處，那裡有一輛吸引他注意的大型卡車，正在等紅綠燈。然而，崔世暻並未拉扯那位司機的手肘，當紅綠燈的信號改變，他所乘坐的車和對面的大型卡車都在各自的車道上安全地交錯而過。

粗暴且衝動的想像通常僅止於想像。

崔世暻從未將他的想像付諸實行，不是害怕自己也會被捲入事故中，而是他深知事後必須面對的責任，同時他也知道那樣做是不對的。

他能夠區分想像和現實，知道自己有異於常人的暴力傾向，雖然崔明賢不相信自己的兒子，但他還是按照父親的意志，乖乖地接受了管制。

旁邊車道上的車超過了崔世暻乘坐的轎車，雖然車窗被深色隔熱膜完全遮蔽，無法看到內部，但那輛車裡確實是坐著從K書中心離開的宋理巘。

由於前往同一個地區，崔世暻的轎車跟隨著宋理巘所乘坐的車，前車的後保險桿上有高級車的標誌，這讓司機吹起了口哨，「哎喲，你那位朋友的家世不簡單喔！名字叫宋理巘，對吧？」

年輕的司機對宋理巘很感興趣，崔世暻感到了一種與忍受噪音完全不同的不快，不過長期被壓抑的他，習慣了隱藏自己的情感，尤其是負面情緒，崔世暻都會好好地將其隱藏在笑容背後。

當崔世暻露出柔和的微笑時，司機似乎解讀為允許，於是開始繼續問起宋理巘的私事：「他長得挺可愛的，很受女孩們的歡迎吧？」

「對，他很受歡迎。」崔世暻面帶難以捉摸的微笑，注視著後視鏡。

班費被盜事件發生後，和想要打女生的洪在民形成對比，宋理巘和女生們的關係更加親近，大家對他的評價也變得極為友好。

「不過，像他那樣的人在男孩子中通常更受歡迎。」司機正全神貫注於觀察道路以準備右轉，同時嘴裡喃喃自語：「他長得帥，性格又爽快，我讀書的時候就有一個這樣的朋友，很受大家歡迎！無論男生還是女生都相處得很好，但畢竟是男生，所以特別喜歡和同性玩在一起，但是宋理獻他長得有點特別，應該說他的臉部輪廓比較纖細……」

「理獻的確長得很漂亮，像女孩似的。」崔世暻替司機說出了他想說的話，並給了回應，這行為讓在僱主兒子面前一直自認謹言慎行的司機感到欣喜。

「對啊？哎呀，我第一次看到他時真的很驚訝，他才高中生，卻有著某種魅力……不，我說的是，我讀書時的那個男生，聽說他畢業當天收到很多男生的告白。」

崔世暻輕輕地閉上眼睛，露出如夜空中美麗的新月般的笑容，但是，在這笑容的背後，暴力的本性在蠢蠢欲動。

——啊，我果然應該要拉扯那個抓著方向盤的手臂。

在車庫正準備要下車的崔世暻，突然像是想起了什麼，將頭偏向車子內部，低聲道：「路上小心。」

「好，世暻你也好好休息。」

非常親切地道別後，崔世暻上了樓梯，從樓下傳來司機準備離開的引擎聲，待聲音完全消失後，車庫變得異常寧靜。

崔世暻的黑色眼瞳在寂靜中逐漸擴張，理智好像被切斷了，心跳聲變得更響亮。

負責接送雇主兒子的司機，會對雇主兒子的朋友感興趣嗎？

來自保全機構的年輕司機，並非只為了開車而被雇用，這位司機是崔明賢為了防止崔世暻做出「別的事」而聘用的。因為這個職位最適合監視崔世暻，名義上雖然是司機，但實際上更致力於監視崔世暻。

當崔世暻發現司機已換人的那一刻，頓時洞悉了一切，並選擇保持沉默。

崔世暻對崔明賢的監視和壓迫感到習以為常，他知道越反抗，壓迫就會越嚴重，因此有時選擇順從，並希望能得到崔明賢的認可。

他曾經有一段時間抱著那幼稚的希望，原本以為，如果成為一個令人驕傲的兒子，這些壓制就會結束。

但當崔世暻意識到不管再怎麼努力，人的本性也不會改變後，他選擇了放棄。

崔明賢所希望的是發自內心的善良和清廉，但這對本性粗暴的崔世暻來說，是不可能的事。

進入客廳的崔世暻並沒有上樓，而是去了崔明賢的書房。

他並未壓低腳步聲，也沒有去確認崔明賢是否已經回家或在臥室，這些都不重要，因為尋找崔明賢調查宋理獻的證據時，並不需要崔明賢在場。

崔世暻可以忍受父親對自己的壓迫，完全按照父親的想法，像白痴一樣地順從，他可以放棄一切，不起貪念，保持善良與守規矩。

但是，他無法忍受父親調查宋理獻，那個假裝宋理獻、身分不明的少年。

書房的燈光一亮起，崔世暻就忍不住翻遍了書桌上堆積的文件，厚重的紙張綁成的資料夾散落一地，Ａ４紙上密密麻麻印滿了類似的案例分析。

沒有找到對人的背景調查的跡象之後，崔世暻開始四處搜索，他在書桌下發現一個裝滿文件的盒子，便將其搬到書桌上全倒了出來。他亂翻文件並全部檢查過後，發現只是一些法庭記錄，接著他拉開書桌的抽屜，倒出裡面的東西，日記本和鋼筆……等等的小東西散落一地。

而當他單膝跪下拉出最底層抽屜時，崔世暻震驚地倒吸了一口氣。

宋理獻被拍的照片接連滑出，這些照片裡宋理獻都是短髮造型，看來是今年拍的，其中不乏團體照，但主要焦點始終在宋理獻。

翻閱著照片的崔世暻，停留在了一張照片上，宋理獻在籃球場上奔跑後，露出了滿意的燦爛笑容，臉上的汗珠在陽光下閃耀，崔世暻被那清新的臉龐迷住，最後小心翼翼地把照片放進胸前口袋裡，確保照片不會折疊。

在翻看其他照片時，崔世暻赫然發現了一件事，從這些照片中的背景和校服可以看出，這都是學期剛開始的時候。

原來崔明賢早從這時候，就開始監視宋理獻。

崔世暻感到心臟猛然一沉，他怎麼樣也想不通，宋理獻怎麼會從學期一開始就受到崔明賢的監視？同時，他對崔明賢的持續行為感到害怕。

崔世暻冷靜地收好照片，拿起下面的文件夾，果不其然，在無標題的文件中有關於宋理獻的背景調查，他將文件放在大腿上開始翻閱。

基本個人資料、家庭背景、特殊狀況……文件中所記載有關宋理獻的資訊，比金得八所掌握的還要豐富許多。

新聞上坐著輪椅出現的是宋理獻的親生父親，崔世暻也曾經見過。

宋理獻的父親雖然白髮蒼蒼，但精力卻充沛如虎，他曾在社交聚會上和崔世暻的父母打過招呼，文件中也有關於他和他正室的資料，他和正室育有三名女兒。在他的建築公司瀕臨破產之際，正是因為正室家族的支援才得以存活，從那時起，他與正室的關係就變得緊張，文件記錄著那時他開始建立新的家庭。

翻到下一頁時，出現了一張熟悉的女性照片——會長的情婦宋敏書，她與會長所生的兒子宋理獻。

正室所生的三個女兒，完全有能力繼承企業，但考慮到在保守的董事會中，她們可能因為性別而遭受不平等待遇，正室選擇容忍宋敏書，以換取對小三兒子宋理獻的沉默。

崔世暻覺得無法在原地看完這些資料，當他打開包包準備收好文件時……

「崔世暻。」

拎著公事包剛下班回來的崔明賢正站在書房入口，帶著輕蔑目光看著跪在地上翻找抽屜的兒子。

崔世暻冷靜地面對，在他父親眼中，他始終是個不夠好的兒子。

「沒想到啊，爸竟然會非法調查他人的背景。」

崔世暻站起來，將厚厚的一疊文件扔在桌子上，散落的文件中露出了一些與宋理獻有關的照片。

崔世暻嘲諷地說：「您真厲害，連宋理獻在學校被霸凌的事情都知道了，這是連老師們都極力隱瞞的，既然如此，那您有查到宋理獻喜歡我的事嗎？」

崔明賢的眉頭緊鎖，顯然是第一次聽到，一旦擺脫了父親的監視網，崔世暻感到一種如同踢翻溢出水杯的快感。

之前一直小心翼翼地不讓水溢出，現在踢翻了水杯，再也無需顧忌，這感覺非常舒暢，這份舒暢感引發了衝動，讓他想要打破長期努力和父親維持的關係。

崔世暻釋放了他一直以來壓抑的習慣，他對強裝歡笑感到厭倦，臉上露出了本性，像無機物般毫無情緒。

「我本來可以忍耐的。」

崔明賢抬起下巴，彷彿在說你不怕的話就繼續說吧。

「不管爸你怎麼對我、怎麼看我，我都忍了下來，因為我也知道自己不正常。」

父母總是要求崔世暻行為端莊、謙遜有禮，而且一直監視著他。雖然是祕密監視，但敏感如崔世暻怎麼可能不知道？

只有金得八把崔世暻當作一個普通的少年看待。

表面上彼此尊重、關係深厚的家庭，但私底下卻是不信任兒子，並對其進行監視的父母，崔世暻不知道哪個模樣才是真正的他們，所以感到困惑、混亂，直到不久後，他將問題的矛頭指向自己。

——是我不正常，他們才會監視我。

——是我，錯了。

「針對我就好，不要動宋理獻！」情緒越來越激動，崔世暻的瞳孔逐漸擴大。

——如果錯的是崔世暻，只要針對我就夠了！沒有必要把宋理獻也捲進這令人窒息的監視網。

——那個假裝是宋理巚的孩子，我不希望他落入崔明賢的監視網而陷入困境。

——我討厭這樣！

——他總是說得好像要離開一樣，我害怕他一旦陷入困境，就會悄無聲息地消失。

然而，崔世暻的迫切心情並未對崔明賢產生任何影響。

指使背景調查和安排監視的主事者，始終保持著一種與他無關的態度，崔世暻感覺自己好像被當成遠處的動物來觀察一般，這讓他的理智在某處斷裂了。

想要摧毀崔明賢他那冷漠的表情，想要讓他扔掉那彷彿什麼都知道的超然態度，崔世暻提起了那個六歲時發生的忌諱事件。

「您怕我會再次殺人嗎？」

六歲那年，崔世暻和一個女孩倚靠在二樓的欄杆旁，女孩意外從樓梯上滾落身亡。

崔明賢堅信是他推了她——至少在崔世暻的理解中是這樣，不然他怎麼會一直監視自己的兒子呢。

正直清廉的檢察官崔明賢，為了防止兒子成為連環殺手，病態地監視他的一舉一動。

「我沒有殺她！我沒有推她！」崔世暻大聲喊叫：「調查結果也證明了和我無關！」

這時，崔明賢突然大步地走了過來，緊緊地抓住了崔世暻的肩膀，因為崔世暻提到的事件，讓他平靜的情緒被劇烈地撼動了。

「不要在外面說這種話。」抓住兒子的手背上青筋暴起。

崔世暻試圖掙脫手臂，他不再是六歲小孩，有足夠的力量擺脫壓迫他的男人，但崔明

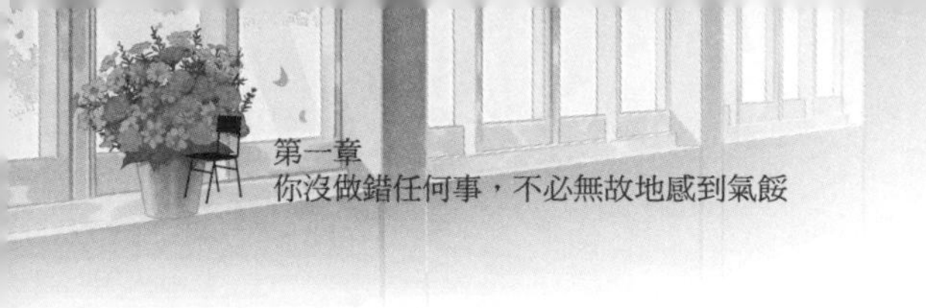

賢的話使崔世暻臉色發白。

「你沒想過，是我動了手腳嗎？」

「……」

崔世暻相信自己沒有殺害那個女孩，然而，崔明賢卻聲稱那是因為他插手調查過程，掩蓋了真相。

「絕對不能跟任何人提起這件事。」

受到震撼的兒子，被崔明賢緊緊拉到自己面前，崔世暻的眼睛是遺傳自崔明賢，他那擴張的黑色瞳孔與崔世暻一模一樣。

崔世暻被困在那冷漠的黑色瞳孔裡了。

「連想都別去想，從記憶中抹去。」

崔明賢即使面臨各種譴責和羞辱，總能保持冷靜，但只要一提到崔世暻六歲那年的事，他就會情緒激動。

金得八從樓上走下來，輕聲地踮著腳尖走過客廳，生怕吵醒在沙發上睡覺的宋敏書。他穿著拖鞋出門，深吸了一口充斥著廢氣的夜晚空氣，抬頭發現首爾的夜空竟然意外地星光璀璨。

金得八穿著拖鞋，被那過長的草地刺痛了腳底，他心想該請人整理一下庭院後，便推開了大門。

出現在眼前的是一條沒有違規停車的巷弄，金得八四處張望，尋找叫他出來的人。

街燈的橘黃色光芒在這條街道上擴散，在橘黃色的街燈光芒下，只有零星的雜草從破碎的混凝土縫隙中生長。

「他說在家門口……」

金得八一邊搔著後腦杓，一邊拿出了手機，他按下撥號鍵並將手機貼近耳朵，這時附近傳來振動聲，他稍微挑了挑眉，轉頭朝聲音的方向看去，卻沒有看到任何人，目光往下移，這才發現一個少年伸著長腿坐在地上。

少年後腦杓靠著牆壁，仰著頭看著天空，即使兩人目光相遇也不為所動，他仍穿著在K書中心前分開時的校服，他那垂放的手裡握著的手機因震動閃閃發光。

「哈囉。」崔世暻無力地抬了抬眼尾。

連那刻入骨髓的習慣性微笑也顯得吃力，勉強微笑的模樣都透露出疲憊。

淋浴後的崔世暻，頭上裹著毛巾，輕壓著濕髮走進了房間，他身穿的長袖棉T和短褲剛好合身。金得八看著自己必須捲起袖子才能穿的衣服，在崔世暻身上竟然這麼合身，不滿地嘸下了口水。

「你去床上睡吧，我還要再讀一會兒才睡。」

被聯絡之前他還在唸書，所以書桌上的平板電腦是暫停播放的網路課程，除此之外還有攤開的教材。

金得八為了讓崔世暻能夠睡覺，關掉了天花板的燈，轉而打開了桌燈後坐下，彎腰翻找著抽屜裡的耳機。

崔世暻踢了一下鋪在地板上的被子，「我睡地板就好了。」

在崔世暻洗澡的時候，金得八另外拿出被子鋪在地板上，儘管床很寬敞，但兩個男生睡起來還是稍嫌狹窄。

「不用，你睡床上吧，現在的孩子有睡過地板嗎？」

說話的語氣彷彿他出生在某個貧困的村莊，曾經經歷了各種磨難，艱苦成長的感覺，本以為他會接著說教，說些「在我那個年代……」之類的話，但金得八卻只是轉身戴上了耳機。

「洗完澡就去睡吧。」

繼續堅持說要睡地板的話有點可笑，但心情上也沒辦法舒服地睡在床上，因此崔世暻選擇坐在床上，而戴著耳機的金得八則沉浸在網路課程中。

崔世暻聯絡他的時候，就預料到他不會大驚小怪，但漠不關心反而讓人想問：「……你不問嗎？」

金得八只是點擊了平板，查看剩餘的網路課程時間。

「人生在世，偶爾也是會有離家出走的時候。」一看就知道是跟父母吵架後跑出來的模樣，所以沒什麼好問的。金得八在黑幫的時候見過不少像這樣的逃家少年，他本人也有同樣的經歷。

「想待多久就待多久，然後記得聯繫父母，報個平安就好了。」

崔世暻對於這種同齡人不會有的應對發出輕笑，但最後還是接受了，畢竟，假宋理獻總是能輕而易舉地解決任何問題，這並不讓人意外。

可能因為目光太過直白，金得八感到視線的壓力，於是轉動了椅子，「怎麼了，有事嗎？需要什麼？要給你零用錢？錢包被搶走了嗎？」

不過，沒有必要向他表達個人感受，崔世暻這才露出了平時那種惹人厭的微笑。

「浴室裡好像沒有吹風機。」

崔世暻指著自己那正滴著水珠的頭髮。

「抖一抖就好了。」

金得八平時都是用毛巾擦乾頭髮，不用吹風機。

崔世暻以沉默的方式抗議，表示他絕對做不到，最後，金得八嘟囔著起身，拿了吹風機回來。

「你有時候比女生還要講究。」

然而，崔世暻沒有拿吹風機，而是抓住了金得八的手腕，他輕輕搖晃著手腕，用濕潤的眼眸看著他，彷彿是在哀求他坐在旁邊。

金得八知道自己又落入了他的狐狸詭計了，最終放棄線上課程坐到了床上。

「那你說，為什麼吵架？讓我聽聽你這個平時裝乖的傢伙，為什麼逃家吧？」

「……因為悶到覺得快要窒息了。」崔世暻深深地吸了一口氣，胸膛劇烈地起伏，但那種勒住喉嚨的感覺並沒有消失。

金得八皺起了眉頭。

「有時候，會覺得呼吸困難，那是種很悶的感覺，讓我覺得非常窒息。」崔世暻抓著金得八手腕的手，不由自主地加強了力道。

就像抓住了救命稻草般緊握著纖細的手腕，崔世暻無法鬆開。

第二章

我來成為你的避風港

「喂，起床了。」

崔世暻被晃動他身軀的手給喚醒，很快睜開眼睛，雖然沒有起床氣，但在完全清醒之前，他的黑色眼瞳看起來還是有些迷離。

「醒了嗎？還在睡？」

金得八在眼前揮動手掌時，崔世暻才想起了昨晚的事情，也慢慢地想起了陌生床單的觸感和氣味，那是與宋理巘身上相同的氣味。

當床單上的氣味聯想到宋理巘時，崔世暻不自覺地深吸一口氣：「……你瘋了嗎？」

崔世暻因為半夢半醒中的舉動而突然清醒。

金得八蹲下來嚴肅地問：「還沒醒嗎？」

一邊撥弄著凌亂的頭髮，崔世暻一邊掀開了被子，「你起得挺早的。」

「你也起床，我們一起出去。」宋理巘穿上了那件特大號的衣服，看來是已經整理好了所有行李，一個大型運動包的背帶斜揹在他的胸前。

「去哪裡？」

「你不是說很悶、快窒息？剛好是週末，待在家裡太可惜了。」金得八臉上露出極具深意的神采，但是以宋理巘的臉龐表現出來的情感，無疑是一個頑皮男孩的模樣。

❧ ❧ ❧

——原來現在還有紙本車票啊。

撫摸著堅硬的紙張邊緣，崔世暻對於不是從APP，而是從無人售票機買到的高速巴士車票感到新奇。

接近黎明的天空泛著淡藍色，但轉運站卻因為趕早班車的人而熙熙攘攘。

這是崔世暻第一次來到轉運站，他好奇地四處張望，然後跟著金得八向巴士司機出示了車票，並搭上了車。

金得八將旅行袋放進行李架，然後坐在靠窗的座位，他對崔世暻因為座位間隔狹窄，而不得不彎曲著雙腿的不便視而不見，自顧自地環抱雙臂，做好了睡覺的準備，「到了叫醒我。」

巴士很快就出發了。

剛入睡的金得八，頭自然而然地靠在崔世暻的肩膀上。

初次乘坐高速巴士的崔世暻，在狹窄的座位上彎曲著身體坐下，並成為金得八的枕頭，他努力壓抑著內心的波動。

逐漸受到金得八影響的崔世暻，第一次離家出走的目的地是江陵。

「啊，乘車感好糟喔……」這是一位在富裕家庭中長大的少爺，首次搭乘高速巴士的感想。

崔世暻抱著翻騰的胃從巴士走下來，吸了一口清新的空氣，感覺像是重獲新生，但他還來不及欣賞這陌生巴士站的景象，便已經緊抓著柱子彎下了腰。

「男子漢大丈夫，怎麼那麼弱不禁風的。」金得八咂舌對此表示輕蔑，他完全不會暈車，在巴士上熟睡再起床後狀態極佳。

因為一直讓金得八靠著而無法動彈，導致崔世暻的肩膀痠痛，不得不輕揉肩頭，然後問道：「我們要去哪裡？」

「去吃飯吧。」

崔世暻不由得心想這個假宋理巘可能常來這裡，他走向海邊的步伐毫不猶豫。

他們在靠近海邊的一間餐廳吃早餐，這家以烤魚聞名的餐廳果然名副其實，連崔世暻也將碗裡的飯吃得一乾二淨，接著他們搭了計程車去海邊。

崔世暻經常在國內外旅行，但都是在父母的保護之下，如果和父母一起旅行，崔明賢就是監視者，不能陪同時，就花錢聘請人代替崔明賢進行監督。

在海邊散步時，崔世暻留意是否有人跟蹤。從高速巴士下車、計程車下車時，他都會觀察四周，但並未發現見過兩次以上的面孔，看來即使是崔明賢，也沒料到崔世暻會在初次離家出走，就搭乘首班高速巴士前往江陵。

這是崔世暻第一次在沒有崔明賢的監視下遠行，雖然高速巴士讓他暈車，飯菜也很粗糙，但他終於擺脫了監視。

當意識到這一點，即便只有一天的自由，也足以讓他鬆口氣。

儘管海風帶著鹹味，卻令人無比愉快。

崔世暻關掉了手機，在變黑的螢幕上反射出的臉沒有什麼表情，但看起來卻很放鬆。

「要吃嗎？」金得八遞出了一袋在休息站買的核桃餅。

已經吃得很飽的崔世暻，平時的話一定會拒絕，但是今天他心情很好，手伸進袋子裡，並開起了玩笑，「你總是這樣邊走邊吃嗎？」

「你這傢伙，我這樣吃都是為了要長高啊。」

雖然不是連休假期，但因為是週末，海邊還是有很多人。金得八看著遊客浸濕腳趾在海水中嬉戲，然後環視江陵港周邊時，陷入了回憶，眼神變得朦朧。

「哇，我那個時代時，這裡完全是鄉村，現在發展得真好。」

「……『我那個時代』是什麼時代啊？」

金得八在當行動隊長時非常活躍，可謂是他的全盛時期，雖然幫派工作沒什麼值得驕傲的，但過去總會被美化。

正當他沉浸在回憶中，想要炫耀自己年輕時的豐功偉業時，因為突然聽到崔世暻的問題而覺得不妥，所以趕緊塞了一塊核桃餅進嘴裡。

他的臉頰因滿口的核桃餅而鼓起，像是儲存食物的松鼠，就這樣封住了自己的嘴，臉上一副「我該怎麼辦」的樣子，隨後驕傲地挺起下巴，這舉動讓崔世暻在那個下午感到很困惑。

由於沒有事先計劃，純粹是一時興起來到這裡，在海邊散完步後就不知道該做什麼的他們，選擇搭了計程車前往注文津②，參觀了充斥著魚腥味的水產市場，晚餐則在一家海鮮餐廳享用了生魚片。值得一提的插曲是，當宋理獻凝視著其他桌上的燒酒時，崔世暻突然用手遮住了他的眼睛。

注釋② 注文津：注文津是南韓江原道江陵市著名魚港。「注文津海邊」是韓劇《鬼怪》的拍攝地。

天色很快就黑了，本以為金得八會因為要讀書而急著回去，但他只是帶路，什麼話都沒說。他們漫無目的地走著，最終被一個寧靜的地方吸引，不知不覺間，他們走到了一處僻靜的碼頭。

碼頭邊有幾艘停泊的船隻被綁住，旁邊的魚貨批發市場已經拉下鐵捲門，看起來像是廢棄的工廠般陰森恐怖。

這裡只有在清晨時分有漁船入港、舉行魚貨競標的時候才熱鬧，不然就會像現在這樣，只有海浪聲此起彼落。

崔世暻凝視著平靜的深色大海，感覺非常的平和，沒有一個奢華的旅行可以媲美這個簡陋之地。

「……六歲的時候。」之所以會提起崔明賢要求從腦海中抹去的那段記憶，是因為在這裡，崔世暻能夠完全做自己，「我曾經跟著父母去過一次聚會，那是一種以家庭為單位的社交場合。」

因為母親那邊的家族很顯赫，所以從小這種聚會很頻繁。

「在那裡發生了什麼事嗎？」

崔世暻看著吸吮著棒棒糖，臉頰鼓起成圓形的宋理獻，不禁微微上揚了嘴角，「有人死了。」

喀嚓——棒棒糖裂開了。

宋理獻被嚇到咬碎了棒棒糖，皺著眉頭把棒子從嘴裡拿出來，他在嘴裡轉動碎掉的糖果，很快就吐了出來，尖銳的糖果斷面割傷了口腔黏膜，發出淡淡的血腥味。

金得八用舌頭輕輕壓著流血的地方，然後開口問道：「是你殺的嗎？」

「嗯。」崔世暻的肯定回答中帶有自嘲的成份。

崔世暻堅信自己沒有殺害那個六歲的女孩，是這個信念讓他能夠忍受父親的壓迫。即使父母認為他不正常，但他仍相信自己是正常的。

他沒有殺人，能夠區分殘忍的想像和現實，是個正常人。

不過，崔明賢卻堅稱年幼的崔世暻殺了那個孩子，這讓崔世暻開始懷疑自己是不是真的殺了人。

海浪的聲音掩蓋了沉默。

假宋理巘甚至沒有像平常那樣冷淡地斥責，崔世暻心想不管再怎麼會解決問題，殺人還是不行的，一想到這裡，崔世暻突然感到胃部翻攪，趕緊用手捂住嘴。

崔世暻想要坦誠，但不想被當成恐懼的對象或瘋子。

像在做一個牽強的辯解，崔世暻敘述了他六歲時的記憶：「其實，我不大記得了，那時候我還小，也被嚇到了。我唯一記得清楚的，是那個死去的小孩很吵……」

——是因為太吵就殺了她嗎？

金得八在心裡提出了一個可能的假設。

「我在聚會上見過她幾次，只要事情不如她所願就會哭鬧……她是那種小孩，我討厭和她待在一起，因為她很吵，但她似乎很喜歡我。如果我避開，她會變得更吵，所以我只好順著她，但是她那天要求特別多。」

剛開始在社會上建立地位的年輕夫婦，未能好好地照顧他們的兒子，其他大人只是將他們視為一對可愛的小情侶，只有年幼的崔世暻在被那個女孩牽著鼻子走時，會越來越感到不滿。

「於是，我們上了二樓，我記得那裡好像有一個兒童遊戲室，我打算把那個女孩留在那裡，但她卻抓住了二樓的欄杆。」

一樓和二樓是相連的，如果站在二樓的欄杆上，可以俯瞰一樓。

雙腳擱在欄杆的橫桿上掛著的女孩，始終不停地說話：「世暻，看那邊，好亮啊！世暻，看下面，人們在轉圈圈——世暻，你也過來這裡！哇！世暻，真有趣。」

女孩一邊搖晃著抓著欄杆的手臂，一邊叫著小崔世暻的名字，讓他感到煩躁和頭痛。如果不管她就這樣走掉，她會哭著追過來，然後躺在地上賴皮。

她會發脾氣，手腳亂踢，沒有辦法阻止，感到厭煩的大人們通常會希望小崔世暻順著女孩的意，最後他總是要照顧她。

小崔世暻冷漠地瞄了女孩一眼，很快也靠上了欄杆，他想找到在樓下的父親，說自己頭痛想回家，新鞋子也讓他的腳很痛，很多事情都讓他感到心情低落，現在只想安靜地回家好好休息。

當小崔世暻在尋找崔明賢時，視線邊緣飄揚著一抹白色，原來是女孩頭上別著的髮夾，隨著她的動作不停擺動，一直進入他的視野。

小崔世暻突然開始想像，那擴大的瞳孔在興奮中閃爍不已。

在嘗試幫助那女孩別好歪斜的髮夾時，不小心讓髮夾掉到樓下，然後她會提出要去撿髮夾，自己則會友好地陪她一起去。

等興奮的女孩蹦蹦跳跳地下樓梯，這時若緊跟著她，然後推她一把的話……

只想到這裡，小崔世暻就失去了興趣，他那擴大的瞳孔又恢復了平日的模樣，畢竟，那只是想像。

他明白在樓梯上推人是不對的，是不能做的行為。

等小崔世暻想再次尋找崔明賢後，那個白色髮夾卻意外地掉到了樓下，這個小意外讓那女孩露出了哭臉，為了避免聽到她的哭聲，小崔世暻決定好心地陪她下去。

果不其然，女孩高興地跑了起來，如剛才想像的，小崔世暻跟了上去。

說到這裡就停了下來。

金得八從運動包裡拿出一瓶水，他立刻接過來解了渴。

「那個小孩在樓梯上踩空了，我想去抓住她。」

——我抓住了女孩身上的白色洋裝，但是沒能抓穩。

女孩從樓梯上滾了下去，那是一座螺旋型樓梯，像海螺殼一樣盤旋的樓梯看不見底部。年幼的小崔世暻腿在發抖，無法走下那陡峭的樓梯，只爬上幾個階梯就到二樓，他抓住欄杆往下看，那個孩子頭朝下躺在那裡，她身下的血液迅速擴散開來。

同時，還有一個人和小崔世暻一起目睹了這一幕，那個人正是崔明賢，他驚恐的目光與他的目光相交。

——他從什麼時候開始看的呢？

小崔世暻的心臟劇烈地跳動。

因為崔明賢的處理，女孩很快就被送往急診室，崔明賢並未跟隨前往，而是緊抓著兒子的肩膀追問，小崔世暻解釋了，也辯解了，他承認曾想像過女孩變成那樣，但並沒有打算要實行。

後來消息傳來，那個女孩住院幾天在生死關頭掙扎，最後還是過世了。

「……我以為我是要抓住那個女孩的。」

崔世暻沒有自信地補充道，他相信自己是想抓住那個女孩的背，但在書房聽到崔明賢的話後，他的信念動搖了。

那是很久以前的事了，小時候不覺得有什麼奇怪，但是現在重新回想起來，崔世暻也開始懷疑自己了。

將女孩推下樓梯致死的想像突然變成現實，這真的只是巧合嗎？

父親插手其中意味著什麼？

崔世暻再也無法堅稱自己沒有殺死那個女孩。

所以他把所有事情都說了出來。

「……」

當故事一結束，金得八想抽菸，於是摸了摸他外套胸前的口袋，等他發現沒有口袋時，才想起這是宋理獻的身體，他甚至連糖果都不想找，就沒有繼續摸口袋。

崔世暻說的故事有許多地方令人費解，看來像是一場意外。

就算不是事故，一般來說，父母不是都會堅稱自己的孩子沒有殺人，並試圖掩蓋真相嗎？金得八試著從崔世暻父親的角度思考，但僅憑聽來的故事，他無法理解父親把兒子當作殺人犯的真正意圖。

崔世暻的父親有些不對勁，或許有所隱瞞。

金得八把手指插進短髮中撥弄著，想要整理思緒，但後來他放棄了，或許是因為他沒有孩子，無法理解父母的心情。但他相信的是，因為那天錯過宋理巘而哭著道歉的崔世暻，不是一個會犯下殺人罪的人。

「你說不是，應該就不是吧。」

——這小子敏感得像剛出生的嬰兒，脾氣不好，內心陰暗，總是帶著笑容暗藏心機，不過認識後會發現他是個好孩子。

金得八列舉了無數致命的缺點後，勉強提出了一個普遍且缺乏說服力的優點。

「你不是說人的本性是不會改變的，你雖然有點刻薄，但不會因為吵鬧就去殺人，小時候應該也是這樣的。」

反而，他平時有忍耐的傾向。

「我雖然認識你的時間不長，但你看起來並沒有什麼不正常的地方。」只是天生擅長惹人生氣而已。但這句話金得八沒有說出來。

崔世暻突然停下腳步。

他們在碼頭散步邊走邊聊，見他停住，金得八也停了下來。

「怎麼了，為什麼不走了？」

「……如果我在這裡推你下去，你會怎麼做？」

碼頭的水泥階梯下，深邃的東海波濤洶湧，由於碼頭用於停靠船隻，因此沒有設置安全欄杆，漁船則是間隔一定距離，散落地停放著。

踏空一步就可能從碼頭上跌落。

人跡罕至的碼頭治安極差，沒有目擊者，也沒有監控，如果在這裡落海，甚至連求救的機會都沒有，只能被水流沖走，最終或許只能打撈出屍體。更令人恐懼的是，不斷撞擊的黑色海浪加劇了人對溺水死亡的恐懼。

金得八不會不知道，聽到崔世暻說「推你下去」時，他驚訝地瞪大了眼睛，但很快就咧嘴笑了，「那你就推推看啊。」

金得八反而抓住了站著不動的崔世暻，然後把他的手放在自己的肩膀上，突然的動作讓崔世暻感到不舒服，想要抽回手，因為他有一股衝動，想要對說自己正常的宋理獻展示自己暴力的本性。

如果宋理獻知道他經常有可怕的想法，是否還會認為他正常？說出「推你下去」這句話，只是一種孩子氣的挑釁，因為才一想像宋理獻落入黑暗的大海中，永遠消失的畫面時，就讓他感到反胃。

想從肩上抽回的手被抓住了，宋理獻的臉即使在以黑色大海為背景的情況之下，也沒有被掩蓋。即使只是模糊的輪廓，對崔世暻來說，就像黑暗中的閃電一樣鮮明，假宋理獻的存在感就是這麼強烈。

「不要忍。」金得八微微動了動嘴唇。

「想做什麼就去做，我來承擔後果。」

「……你知道我會做什麼嗎？」

「至少不會去殺人。」

「……」

崔世暻微微皺了皺眼角，宋理獻那覺得有趣的笑聲，像海浪般蔓延開來。

「我相信你，不是那種會殺人的傢伙，你不是說很悶，快要窒息嗎？那我就成為你的避風港。」在黑暗中，宋理獻那清爽的笑容格外鮮明。

「你覺得我承擔不了你嗎？」金得八自信滿滿地說。

崔世暻一度猶豫，不確定自己是否夠堅韌到足以承受內在的暴力和殘忍，但最後他還是抬起了手，遵循對方的話，隨心所欲，用大拇指輕輕地摸索著宋理獻的嘴唇。

金得八把自己那件過大的夾克拉鍊拉到最上面，興味盎然地抬起了下巴，這個動作讓崔世暻的大拇指壓在宋理獻的嘴唇上，他能感覺到厚實的嘴唇內側的牙齒，用拇指壓著嘴唇摩擦牙齒。

金得八沒有拒絕崔世暻的觸摸，好像在證明自己之前說過的話。

崔世暻的手掌輕輕撫過小巧的臉龐，輕觸薄薄的皮膚和細緻的鼻梁，當他觸碰到緊密的長睫毛時，他的手甚至連眼皮的細微顫動也感受到了。

崔世暻還沒有在自己的人生中找到重要的事物，但這一刻，他似乎隱約知道什麼重要了，他無法將目光從那個在黑暗中發出白色光芒的少年身上移開。

海浪劇烈地拍打著，就像是走在漆黑的海中，那如波濤般強烈的感動襲擊著崔世暻。

過了一段時間，當感覺到撫摸臉龐的動作帶著玩笑的意圖，薄薄的皮膚上泛紅發熱，金得八便把頭轉開了。

「你這傢伙，別再摸了啦。」

男人之間這麼噁心地摸來摸去讓他不習慣，那隻追過來想要捏他臉頰沒捏到，卻把他下巴整個包住的手，被金得八給打掉了。

「現在幾點了？」金得八從口袋裡掏出手機。

如果要趕上末班車，現在就要出發，當他打開手機螢幕想要確認時間，崔世暻忽然用手掌遮住了螢幕。

金得八睜大了眼睛，問他在做什麼，但崔世暻沒有停手。

「我們睡一晚再走吧。」

他用那美麗的臉龐，對金得八咧嘴笑了笑，然後提議過夜。

在那條破舊的狹窄巷子裡，崔世暻抬頭看著那個搖搖欲墜的黃色招牌。那塊掉了漆的招牌掛在一棟老舊的建築上，隨時都可能會掉下來，這是他第一次親眼看見只在電影中看過的旅館。

金得八正要進入時，崔世暻抓住了他的連帽衫，阻止了他，雖然不想對睡覺地點吹毛求疵，但他很難忽視那面裂開的水泥牆。

「要在這裡過夜嗎？」

「因為只有我們，如果運氣不好，可能連這裡都進不去。」

未成年人要入住旅館，條件相當嚴格，離家出走的崔世暻也一樣，他們兩人都沒有得

到監護人的同意，稍有不慎就可能會露宿街頭，所以崔世暻也無法再勸阻。

「換新老闆了嗎？」金得八憂心忡忡地嘀咕著。

他上次親自造訪這家旅館已是十多年前的事了，之後都是聽部下匯報。沒有接到老闆去世的消息，所以應該是沒有換老闆，但考慮到老闆年事已高，如果一夜之間去世也不足為奇。

不過，和金得八的擔憂相反，這家旅館與十幾年前他造訪時一樣。那個留有褪色屁股印的長椅，沒有生機的幸運樹，以及遮蔽櫃臺窗口的不透明玻璃，讓這個小空間裡的時間彷彿被封存了一樣。

金得八彎下腰，對著櫃檯窗口輕咳兩聲，然後用一種不適合其稚嫩嗓音的低沉聲音說話：「有人在嗎？」

櫃檯窗口被橫向推開，一位頭髮剃得很短的白髮老人探出頭來，這位滿臉皺紋的老人視力似乎不佳，他盯著客人看了一會兒，才有所反應。

「你們幾歲？」

「……我還沒成年，他成年了。」金得八也覺得以宋理獻的臉孔堅稱自己成年似乎有些牽強，於是便拉上了崔世暻。

小個子介紹大個子有點可笑，在老闆輪流打量兩人時，崔世暻機警地自我介紹：「我是他哥哥。」

金得八發出了一聲「呃」表達他的不悅，崔世暻趕緊彎腰遮住窗口，以防老人看到這一幕。

「有哥哥在，弟弟幹麼出頭。」

「他年紀小，愛出頭。」

「他看來會惹事，哥哥辛苦了。」

「因為他可愛，所以才忍著的。」

金得八在後面踢了他的小腿，崔世暻不為所動，溫和地說明了情況：「我們來到親戚家，但房間不夠，我們只睡一晚，明天一早就會離開。」

崔世暻掏出了錢包，老人快速瞥了一眼那個裝滿現金的錢包，見崔世暻要拿出信用卡時，便將視線轉向了那臺舊電視，一邊用遙控器按著電視頻道，一邊用缺了牙的嘴巴含糊地咕噥著：「只收現金。」

對那些似乎涉嫌逃稅的話，崔世暻表示自己不知道並道歉，然後拿出現金推向窗口，老人收下錢，確認了金額後，從牆上取下鑰匙。

當金得八在心中暗自歡喜時，老人卻又捲起手指取回了鑰匙，說道：「上樓前出示一下身分證。」

「完蛋了。」金得八拍了拍自己的額頭。

「快點。」老人本想讓客人快點進來，好繼續看他的連續劇，但見客人沒有拿出身分證，便開始催促。

崔世暻在心中盤算輕重緩急，他決定了首要任務是不讓假宋理巘在街頭過夜，於是開始計算錢包裡的現金，幸好，在前往江陵之前，他考慮到信用卡可能會被凍結，所以提前領取了大量現金。

崔世暻出身於一個經營百貨業的家族，從小就清楚現金有多種用途。容易抹去使用痕跡的現金，除了共經濟價值外，還經常被用於其他目的，例如作為促成和諧談判的潤滑劑。

崔世暻迅速地從錢包裡拿出一疊厚厚的現金，對折後推向窗口，臉上掛著一個和藹可親的微笑。

「老闆。」

一眼就能看出是一大筆金額。

老人貪婪地吞了吞口水，怒氣也隨之平息。

「我忘記帶身分證了。」

崔世暻花錢的標準與眾不同，他不根據市場的客觀價值，而是以隱藏價值和重要性來制定價格，只要能讓宋理獻好好睡上一覺，他很樂意支付豪華套房的價格給這間小旅館。

「最近查得很嚴，不行。」

老人的眼神與他所說的話截然不同，透露著對錢的依戀，他似乎聞到了錢的氣味，把頭湊向窗口，用鼻子嗅了嗅。

「至少讓我的弟弟可以留宿，拜託。」

崔世暻察覺到老人不是在嗅窗口上錢的味道，而是在嗅他身上發出的錢味，他覺得應該會很好溝通，於是這次又拿出幾張大鈔放在錢堆上。

老人輪流看著崔世暻的錢包和現金，然後說出了他突兀的擔憂：「……哥哥露宿街頭，弟弟心裡會好過嗎？」

老人的意思是，如果再加點錢，崔世暻也可以留宿，第一次打開錢包時，老人偷看了一眼，估算了崔世暻手上的現金。

崔世暻很樂意再打開錢包，但金得八插手，使他不得不關上錢包並後退。與崔世暻不同，金得八認為在這破舊的小旅館支付巨額住宿費是不合理的，雖然要騙老人讓他們兩個未成年住宿，多少需要額外支付一些費用，但是老人太貪心了。看不起人也要有所限度，破舊骯髒的房間竟敢索求天價，而崔世暻這個笨蛋，竟然準備乖乖付錢，這讓金得八非常生氣。

老人一邊用搔癢棒刮著腳底，一邊裝糊塗。金得八趴在櫃檯上，瞪大了眼睛，對老人說出了幫派的名號：「七星派。」

老人手上的搔癢棒停止了動作。

這間破舊的旅館，是金得八所屬幫派在發生事情，需要隱藏成員的時候所使用的場所。金得八年輕的時候也多次藏身於此，並曾讓部下攜款隱匿於此，那時他親自遞上了現金信封，所以清楚地知道崔世暻有多麼容易上當受騙。

「我們是那邊的人，您應該知道內情，我就不多說了。」

停下動作的搔癢棒又開始輕輕地刮著老人的腳底。

老人斥責說道：「這你怎麼現在才說。」

把自己想要剝削崔世暻的行為歸咎於金得八，經營小旅館的老闆在金得八頻繁出入之前就有與黑幫合作的膽量，隨著年紀增長，他的厚顏無恥也增加了，甚至還詢問了幫派的情況。

「雨停了嗎？」

金得八突然皺起了眉頭，老人這其實不是在問天氣，在他們的幫派裡，下雨是指出事了的隱語。

金得八在附身到宋理獻的身體之後，他刻意避開了幫派的消息，幫派出事了，對他來說也是第一次聽到。金得八已經過世，他只是暫時代替宋理獻生活，因此他特意避免涉及幫派的事務，甚至不看新聞。

死去的人只有留在記憶中才顯得美好，不應無端打擾還活著的人。

他這樣想並努力堅持，但聽到幫派出事了，他親自培養的手下們就在他腦海裡盤旋。在金得八的葬禮上，他們對金得八之死感到悲痛，原以為他們會很快適應，但現在看來似乎出現了變數。

他擔心發生了大事，想知道更多，但又覺得以宋理獻的身分能做的事很有限，感到很挫折。

「從派出你們這些乳臭未乾的傢伙來看，雨應該還沒停。」

見到宋理獻那張稚氣的臉孔扭曲得像夜叉一樣，似乎讓老人感到有趣，他笑著遞出客房鑰匙，當對方沒有馬上接住時，老人直接把鑰匙推到櫃檯外，打算關上窗口。

「砰」地一聲，金得八在窗口快要關上時，用纖細的手指卡住了縫隙，強行將其打開。他的手指像鉤子般展開，從窗口內側掃過一疊現金，住宿費在要求檢查身分證之前就已經付清，但老人卻順手拿走了崔世暻像傻瓜一樣堆放的錢。

宋理獻那稚嫩的臉上，眼睛裡閃爍著如老虎般銳利的光芒，身上有種青澀的強勢氣息，但畢竟只是個小夥子，老人在狹窄的櫃檯內暗自嘲笑。

「忘了背叛幫派會有什麼後果了嗎？」

「那傢伙不是幫派的人。」老人指了指崔世暻。

當老人用手撐著櫃檯時，突然一隻手臂伸了進來，像鷹一樣迅速地抓住老人的衣領，將他拉了過來，原本待在櫃檯內自以為是的老人，被拖到狹窄的櫃檯前掙扎著。

與老人在狹窄的櫃檯對峙，宋理巘的手指關節因用力過猛而發白。

即使幫派給過這間旅館大筆金錢，但這個行業的規則就是得時刻懷疑對方是否會背叛。特別是這位老人，對他表示敬意太過危險，因為一旦有更大的利益，他就會立刻背叛，就像現在一樣找機會逃走，辯稱自己沒有違約。

不管是黑幫還是騙子，都差不多，但至少金得八不像這個老人那樣卑鄙。

他狠狠地將老人拉近，眼裡閃著凶狠的光芒，「你沒忘記你的角色吧？如果想保住剩下的牙齒，就小心點，最好注意你的一言一行。」

老人的牙齒幾乎都掉光了，那突出的下巴比上牙床還高，他不滿地扭動著下顎。

宋理巘看起來像個富家少爺，被輕視了，但眼神和舉動都顯示他非同一般。

宋理巘再次發出警告：「別幹傻事，別想害我，跟人告發說我來到這裡。老大知道我在這裡，如果你想帶著剩下的蛋蛋到死後的世界，就得小心一點。」

哪怕「老大知道」的話是假的，但後面的話卻是真的。

老人憤怒地扭動著嘴巴，宋理巘咧嘴一笑，然後粗暴地將他的衣領向後推，狹窄的房間後面僅一步就是床，宋理巘看到老人摔倒在床上後，就砰的一聲關上了窗口。老舊的玻璃窗在撞擊中震動，灰塵飄落。

在朦朧的玻璃另一邊，兩人的身影消失在客房走廊，老人一邊摩擦著被抓住的衣領，一邊咒罵：「該死，金得八那個混蛋，居然把我的祕密告訴了這個小夥子，真是瘋了。」與被抓住領子相比，老人更在意的是金得八泄露了自己身體上的缺陷，約八成咒罵都是針對金得八。

——他媽的混蛋，該死的傢伙，蠢到自己扛下所有髒事，終於占有一席之地，但卻像消失了一樣的沒禮貌傢伙。

老人尚未聽聞金得八的死訊，怒斥粗魯如熊的金得八，氣得自己直跳腳。

這些黑幫混混，有的只是不該有的義氣，註定早死，雖然他對自己人很上心，但從不主動聯絡，這讓老人很不爽，拿起了電話又放下。

——當初應該多欺負他一點的。

想到年輕時對金得八的巨額敲詐，老人無緣無故地怪罪起自己那臺爛電視，對著無辜的電視發脾氣。

從老人問他雨是否停了來看，幫派應該是出了問題，金得八試著推測幫派遭遇什麼困境。他去世前，幫派組織的業務是穩定的，如果有問題，可能是背叛或和其他幫派間的衝突，他心中有幾個嫌疑人，但這終究只是猜測。

慶幸的是，只是下雨，下雨並不嚴重，颱風來襲時才真正危險，颱風過後意味著整個幫派的瓦解，所以目前情況還不算太糟。

他的手下不是那種遇到下雨就下跪的人。

鑰匙上寫的房號是走廊盡頭的房間，插入鑰匙轉動門把進入房間後，金得八立刻要求崔世暻保密：「不要問，這事很複雜，也不要到處去說。」

他脫掉鞋子走進去，隨手一扔運動包，房間的暖氣效果極差，地板上有黃色的燒焦痕跡，牆壁也泛黃了，裝飾著俗氣的花紋窗簾。金得八在心裡嘀咕，老闆從他這裡也榨走不少錢，卻沒花一分錢在這間旅館上。

金得八忙碌地檢查著房間的地板是否溫暖，衣櫃裡的被子狀態是否良好，而崔世暻則一言不發。

原以為一進入房間就會被逼著說出實情，但崔世暻正從金得八的運動包裡拿出便利商店買的一次性洗漱用品、刮鬍刀、水和零食。

太安靜反而令人起疑，金得八靠在衣櫃上觀察狡猾的崔世暻，但對方只是遞給他一次性洗漱用品，然後問道：「你要先洗嗎？」

金得八沒有回答，堅持交叉著雙臂，雖然之前叫他不要問，現在崔世暻沒問反而讓人更加緊張。

崔世暻覺得自己似乎知道怎麼對付金得八，不自覺地露出了笑容，「我想知道。」

——這樣才對。

這才是正常的反應，這時金得八才放鬆了警戒。

「你和旅館老闆有什麼關係？七星派是什麼？你原來是做什麼的？你之前住在哪裡？真正的名字和年齡……我對你的一切都很好奇。」

崔世暻雖然抽象地提出了自己的疑問，但實際上他比金得八想像中知道得更多，不過金得八沒有把這些話說出來。

當金得八抓住老人的衣領時，崔世暻就在他的身後，即使他壓低了嗓音，說話的聲音還是傳入了崔世暻的耳裡。

光是七星派、幫派成員、老大……等等字眼，大概就能勾勒出其背景，加上平時假宋理巚擅長打鬥的事實，讓這背景更加具體。他發現金得八可能與黑幫暴力組織有關，而且這間旅館很可能也和黑幫有關聯，雖然崔世暻可以透過報警或私下調查來抓住假宋理巚，但他並不會那麼做。

「我只是不想讓你感到為難，也不喜歡我們的關係變得疏遠。」

無論假宋理巚是誰，對崔世暻來說都沒有關係，即使他是逃亡中的殺人犯，崔世暻也樂意為他提供藏身之處。

因為他說要成為崔世暻的避風港，相對的，崔世暻也能夠承擔他。

但如果假宋理巚突然消失無蹤，那對他來說可能是無法承受的打擊，他喜歡假宋理巚，想和他在一起，想與他共處。為此，崔世暻必須贏得假宋理巚的信任，之後當真宋理巚出現而假宋理巚需要離開時，他才會向崔世暻求助。

「……嗯，對，你如果提問確實會讓人感到為難。」

對這些心思毫不知情的金得八，在崔世暻顯露善意時，感覺自己像垃圾一樣，於是鬆開了交叉的手臂。

崔世暻那張準備為他付出一切的純真笑臉，也是他感動的原因。

「給你。」當崔世暻再次遞出一次性洗漱用品時，金得八這次再也無法忽視了。

在略帶水垢的廁所裡，崔世暻對著鏡子托著下巴打量自己，剛長出的鬍子發出淡青色的光澤。即使到回家為止見的人只有金得八，他仍然很仔細地刮了鬍子，接著用掛在脖子上的毛巾擦拭著因蒸汽而顯得更加白皙的臉，然後走出廁所。

金得八正在通電話，從他坐在鋪在地上的被子上，以及他盤腿而坐的姿勢來看，他似乎是在準備睡覺時接到了電話，神情非常嚴肅。

「……明天一早請家庭醫生過來，給她打個點滴讓她睡，千萬別讓祕書進來，都是那個女人給的酒……手動把保全裝置上鎖，裝作不在家，有事我負責。」

即使不想偷聽，但在狹小的房間裡無處可躲，崔世暻坐在鋪好的被子上，假裝在擦拭水珠，用毛巾摩擦著自己的臉。

「明天回去，好的，請好好照顧我母親。」這通電話一直到最後都充滿了對宋敏書的擔心與囑咐。

崔世暻曾目睹過宋敏書發作的情況，通話一結束他立刻跟對方道歉：「對不起，我沒有想到你母親的情況。」

「沒關係，才一晚而已。」

然而，崔世暻的臉色仍未見緩和，金得八便隨口說了一句：「如果真的覺得抱歉，那以後就幫我多去看看她的狀況。」

「知道了。」

金得八只是隨口一說，但崔世暻看起來卻像是在做千年誓約一樣嚴肅。

——就是為了這種感覺才生養小孩的啊？

金得八笑了笑，大字型躺到被子上，突然想到什麼，又像彈簧般迅速跳了起來，輕輕踢了崔世暻的大腿。

「起來。」他原本說話就很簡短，聽起來像是在挑釁。

崔世暻忽然想起藥泉亭的回憶，嚥了嚥口水，站起來並按照指令行動。

「握緊拳頭。」

崔世暻笨拙地伸出握緊的拳頭，金得八似乎對於拳頭間疏落的空隙不滿意，便包住崔世暻的拳頭，讓空隙填滿。

「你是個男子漢，怎麼連握拳都不會？」

「一定要會嗎？」

那個揍他的當事人這樣說：「這就是你老是被人揍的原因。」

在藥泉亭對他狠打而感到抱歉，所以一直想找機會教他如何打架，剛好現在也沒事做，地上又鋪了柔軟的被子，是個好機會。

金得八在開始教他之前，嚴肅地先給了他一番提醒：「喂，你力氣很大，要好好控制力道，記得上次你讓我的脖子瘀青了吧？幸好是我，換做別人可能就出人命了。」

在藥泉亭打架的幾天後，崔世暻曾要求看看他脖子上的瘀青。他們一起進了洗手間，金得八撕掉脖子上的膏藥給他看。

崔世暻想起宋理獻那細脖子上可怕的深紅色瘀傷，嚴肅地點了點頭。

「打我。」

金得八攤開手掌放在胸前，「噗」的一聲，像洩氣的氣球落下般的是崔世暻的拳頭，但金得八的嘴裡卻發出了像是肺部洩氣的聲音。

「哈，這麼無力的拳頭，真的是好久不見了。」

在藥泉亭的時候他也曾揮過拳，但當崔世暻想起宋理獻脖子上的瘀傷，他的拳頭就失去了力量。

崔世暻有點尷尬，隨意地搖晃著手掌。

「你真的不大會打架，一直以來都是被揍的那一方嗎？」

「你是第一個打我的人。」

——說這什麼早晨連續劇的臺詞啊，神經。

金得八對這個完全沒有打鬥意志，看著溫文爾雅的少爺，開始親自指導教他正確的打鬥姿勢。

「身體前傾，重心放低，屁股往後推，腳趾朝外，腿張開。對，就是這樣，這樣才能保持平衡。手臂往後伸，不是，我是說把肘部往後伸。」崔世暻站得像長栍柱[③]一樣，金得八按壓他的肩膀，使他身體低下，並幫他調整雙腿的位置。

崔世暻笨拙地按照金得八的指示，終於擺出了一個不錯的姿勢，最後，金得八還指導了他握拳向後揮動的手臂。

「力量不是來自拳頭，而是從肩膀發出的，所以整個手臂都要用力。來，用點力。」金得八揉捏著崔世暻的手臂說道。

隨著力量的增加，手臂肌肉變得結實，感受到運動衫下崔世暻手臂的肌肉，金得八驚訝地撫摸著他的手臂，隨後，他驚呼一聲，輕輕摸了摸崔世暻的胸膛、背部和腹部。金得八知道崔世暻的體格很好，但親手觸摸的感覺卻截然不同。

「體格挺好的。」

平淡的觸摸很快就結束了，然而，崔世暻不由自主地感到一股熱熱的酥癢感從下腹升起，讓他感到尷尬和僵硬，低頭看了一眼，能清楚地看到下方略微膨脹。

——不是吧，為什麼？因為被假宋理獻觸摸嗎？

感到驚慌的崔世暻，咬著他那發白且乾燥的嘴唇。

不知是幸運還是不幸，金得八還沒有發現崔世暻的尷尬處境。

「像這樣，不只是動肩膀，還要一起扭轉上半身，只用肩膀出拳會受傷的。好好看看我是怎麼移動上半身的。」金得八親自示範並揮出一拳，從他的拳頭中發出了破風聲。

雖然金得八要求崔世暻專心觀察，但崔世暻注意力卻有些偏離。他告訴自己這只是身體的自然反應，深吸了一口氣，下方的膨脹感略微減退。

「打吧。注意控制力道。」專心於教學的金得八站在崔世暻面前，張開了手掌。

崔世暻從肩後揮出拳頭，因為身體僵硬，未能控制力道，雖未盡全力，但仍重重地擊

注釋③　長栍柱：長栍或長丞，是朝鮮半島農村常見作為界標、地標及洞裡的守護神。一般至少有兩根，常為一對，石質或木質，木質一般為松木。上端刻有造型古樸、表情滑稽的人面，大部分沒有腿和胳膊，頭以下寫有「天下大將軍」、「地下女將軍」、「國泰平安」、「周將軍」、「正元唐」等漢字。

中了手掌。

「……啊！」

——宋理獻受傷了？

在崔世暻驚訝地瞪大眼睛的瞬間，眼前的宋理獻手掌向外翻轉，揮出了一拳，隨後，金得八抓住崔世暻的前臂，鑽入他的懷裡，抓住了他的衣領，崔世暻瞬間面臨著被抓住右臂和衣領，幾乎要被舉起來的危機。

為了不被打倒，崔世暻本能地對腳掌施加了力量，但是，熟知體格差異的宋理獻並沒有試著舉起他。

砰，他直接用頭撞擊崔世暻的臉部，雖然沒有很用力，但宋理獻獲得了勝利。

崔世暻一臉茫然不知道自己怎麼被擊敗的，宋理獻對他提出了一個要求。

「用腳絆倒我。」

面對宋理獻要求絆倒他的話，崔世暻遲疑了。

對已經失敗一次又猶豫不決的崔世暻，宋理獻挑釁說道：「你就算死了一百次又重生，也無法打敗我，我跟你說過，不要忍耐。」

那個在碼頭他觸碰的臉蛋發起挑釁，那時的興奮再次湧現。宋理獻抓著崔世暻的衣領，崔世暻用腳絆倒了宋理獻，兩人一起摔倒，宋理獻被壓在下方，對崔世暻來說這是一個有利的姿勢。

正當崔世暻相信自己將贏得勝利時，情勢突然逆轉。

宋理獻抓著崔世暻的右手臂，並將其向下拖拉。

砰！崔世暻的背撞到了地板，地板微微發出聲響，雖然被子吸收了一些衝擊，但崔世暻仍然無法張開眼睛。

不是因為疼痛，而是騎在他上方的宋理獻的下半身，碰到了他勃起的部位。草率地被壓抑著的性慾，在肢體搏鬥中的興奮下引起了勃起，金得八就像一隻誤闖到灶臺上的貓，尾巴僵硬得筆直地豎起。

崔世暻試著用手撐起胸部站起時，和金得八大腿接觸的下體變得更大，金得八迅速地抬起腿，然後往旁邊滾去。

崔世暻抬起一側的膝蓋，遮住了勃起的性器，然後用前臂遮住了雙眼。

尷尬地看向遠處的金得八，為了擺脫這種尷尬，隨口說出了任何他所想到的話：「沒關係，男人們一起玩鬧，怎麼說，可能都會有反應，這種事沒什麼好丟臉的。」

「……」

「喂，我小時候，我們村子裡的男孩子都會聚在一起比較雞雞大小，啊，對不起，我說錯話了。」

「……」

「你還挺大的嘛，該引以為傲吧！你呀，那是男人的自尊心啊？」

崔世暻側身躺著，用手摀住耳朵。

金得八原本是想安慰對方，但看到對方這樣的反應，變得嚴肅起來，他看著蜷縮著的崔世暻的背部，搔了搔後腦杓。

「那個，對不起，我想要給你空間，但這裡太危險了，不能讓你一個人待在這裡。」

因為這間旅館和黑幫有關聯，如果留他一個人在房間，萬一遇到其他黑幫滋事就麻煩了。崔世暻安靜地躺著，金得八起身拿了被子，蓋在他的身上，也在自己的位置擺上了被子和枕頭。

在關燈前，他遲疑了一會兒，然後小心地又補充了幾句：「那個，去廁所，自己解決一下吧？」

「……拜託你閉嘴。」

金得八閉上了嘴，他關掉燈，在黑暗中摸索著躺下。

近在咫尺的崔世暻的存在感很強。旅館從旅館薄薄的牆外傳來摩托車的排氣聲和一隻發情的流浪貓的叫聲。

金得八想著要不要打開電視，為了那個害羞得要死的傢伙保持沉默，躺著凝視著黑暗中的天花板，腳趾輕輕地動著。

崔世暻翻了個身，發出了一聲嘆息：「……對不起。」

「你是男人，這種事很自然，沒什麼好道歉的。」

「……喔。」崔世暻也正躺著看著天花板。

眼見崔世暻的情況好像比剛才好一些了，金得八便開始積極為他辯護：「不勃起就是太監了。」

「……對啊。」

「我也曾在混戰時多次勃起。」

「和男人嗎？」

「當然嘍，不然和女人打架嗎？」金得八嘟囔著要對方說點有道理的話，然後轉過身面向崔世暻，對方也在某一刻開始注視著金得八，兩個男孩在黑暗中相互凝視。

金得八一臉嚴肅：「你年紀小，才會對男性勃起而感到驚訝，這不是會讓天塌下來或改變人生的事。」

「我年紀不小了。」

「你現在的樣子就年紀小。」金得八撐起手肘枕著頭，「腋下長滿黑毛就算成年人了？如果不知道自己做了什麼，只是被情況牽著走，那就還是個孩子，像你現在對勃起束手無策，或者像之前因為父親的話就衝動離家一樣。」

取笑崔世暻離家出走的事情時，可以感覺到崔世暻的不滿，但金得八還是堅持把話說完：「你要清楚自己要做什麼，並對自己的行為負責到底，如果你做不到這一點，那你就還是個孩子。」

「……」

街燈的光通過敞開的窗簾縫隙照了進來，可以看到崔世暻緊閉嘴唇的堅定表情。金得八覺得那倔強的表情很可愛，他想細看，但忍住了。

金得八知道何時會覺得崔世暻看起來很可愛。

那就是當崔世暻試圖表現成熟，但實際上像現在這樣顯得天真且混亂，展露出最真實的情感，隨著年齡的增長，情感變得麻木，金得八偶爾會覺得崔世暻的混亂既有趣又可愛，想要持續觀察。

他覺得崔世暻笨拙的那一面非常可愛。

❧❧❧

他們原本打算天亮前離開旅館，但因為前一天起得太早，兩人都睡過頭了，尤其是離家出走的崔世暻，日上三竿了都還沒起床。

金得八吃光了在便利商店買的零食後，還是饑餓難耐，於是叫醒了崔世暻。

崔世暻半夢半醒地被帶到餐廳，坐在飯桌前還是昏昏欲睡，平時乾淨整潔的傢伙，現在頭髮卻亂得像鳥窩，讓人忍不住笑。

金得八一邊吃飯，一邊往崔世暻的白飯裡添魚肉，不時催他快吃。

吃完飯，喝了咖啡之後，崔世暻終於清醒了，他們決定先在海邊散步，然後再回家，走著走著，天色逐漸暗了下來。

在轉運站查看了時刻表，發現前往首爾的巴士剛發車，需要等一小時才有下一班，不得已買了票，在候車室裡等待。

原本打算早點回家，但不知怎的就耽誤了時間。

坐在候車室的椅子上，崔世暻打開了整個週末都沒理會的手機電源，他原本希望手機因為沒充電而沒電，但手機的螢幕卻亮了起來，上方的電量顯示為紅色，意味著電量即將耗盡。

然後，手機突然劇烈地震動起來。

「發生什麼事了？」

正在候車室看電視的金得八也被那持續的震動聲吸引了注意，手機顯示有一百零二通未接來電。

即使考慮到常常有人誤將崔世暻的友善當成好感而頻繁聯繫他，但這樣的聯繫頻率也太過分了。

「唉，真的發生什麼事了嗎……」

正準備查看未接來電目錄時，突然收到了一條新訊息，崔世暻打開訊息一看，手機就因為沒電而關機了。崔世暻在訊息帶來的震驚還未消失前，從手機的黑色螢幕上看到自己的蠢樣，不禁自嘲。

「我們搭計程車回去吧。」

「嗯？首爾嗎？」金得八懷疑他是否知道要花多少計程車的車費，皺起了眉頭。

崔世暻用拇指輕輕壓下他挑起的眉毛，然後露出無奈的笑容。

「我爺爺……去世了。」

第三章

抱我……因為太冷了

隔天上學，金得八先確認了崔世暻的座位，平時總是早到的少年座位上空著，站在門口的金得八收到了班上同學的問候。

「理獻，早。」

「早。」得八自然地回應了問候，走進了教室。

他放下背包後，查看了手機，並未收到崔世暻的訊息。

昨天一接到訊息，他們立刻從江陵搭計程車回首爾，手機快要沒電前，最後一條訊息是通知他祖父去世，要他趕到醫院，正是金得八進入宋理獻的身體後住院的那家醫院。

在高速公路上行駛的計程車內，崔世暻沉默不語，就像失去了聲音的人，他因為離家出走而關了手機，錯過了祖父的臨終，這讓他極度自責。

與其笨拙地安慰，金得八只是輕拍了拍對方的肩膀，然後在離家不遠的車站先下車，並叮嚀對方抵達時要聯繫，但可能因情況混亂，一直沒有收到消息。

金得八甚至不確定對方手機是否已經充電。

——要聯絡他嗎？

金得八玩弄著手機，是他把崔世暻帶到江陵，他擔心錯過祖父臨終的崔世暻會被指責為不肖子孫。

金得八在深思熟慮之後，寫了一條簡訊。

你沒事嗎

發這樣的簡訊給正在辦喪事的人，似乎太無禮了。

金得八猶豫了一下，刪除了之前寫的訊息，為了正確使用標點符號，他正襟危坐，雙

手緊握著手機。

節哀順變，祖父突然去世，你一定很傷心

傷心吧？悲痛吧？悲傷吧？心痛吧？

不知道該用哪個詞彙，金得八動用了他知道的所有詞彙。然而，如何安慰一個剛失去祖父的十幾歲男生，金得八毫無頭緒。

想要寫得得體又正式，但考慮到和崔世暻的關係，又覺得不大適合，於是金得八刪除了訊息。

我可以去嗎？

——主動拜訪會太冒昧嗎？

金得八第三次刪除了訊息。不斷重複寫著類似的內容，時間不知不覺地流逝。他的同桌坐下後，輕拍了他的肩膀說：「理獻啊，老師來了。」

金得八最終沒有發出簡訊，他把手機放進了書桌抽屜。

為了朝會進入教室的鄭恩彩站在講臺上，這時崔世暻的同桌舉起了手，「老師，世暻今天沒有來。」

「世暻家裡有些事情，這幾天不能來，這段時間班長的工作就交給副班長妍智，由妍智幫忙值日。」

「什麼事啊？」

「同學們，你們知道下週有模擬考吧？」

班上的學生們都很好奇，但鄭恩彩迴避了這個話題。金得八是唯一知道崔世暻缺席原因的學生，他在桌下悄悄查看手機，卻依然沒有收到任何訊息。

金得八不知道一整天是怎麼過去的，雖然只在下課才使用手機，但上課時間因為擔心崔世暻無法專心聽課。

本來他想幫崔世暻拿講義，但是很多同學都想幫忙，便讓其他人代勞了。

下課後，金得八打算去K書中心，於是拿起了背包，隨意地將其掛在肩上，一邊查看手機，一邊往校門口走去。

「理獻，宋理獻！」

聽見有人叫喚，金得八從手機中抬起頭。

金妍智從校門外跑向他，氣喘吁吁：「你看簡訊了嗎？」

金得八這才裝作查看訊息，「對不起，我今天有點心不在焉……」

因為一直在擔心崔世暻，金得八累積了很多未讀訊息。當他想查看這些訊息時，金妍智將他拉到校門外的角落，她壓低了聲音說話，表情也隨之變得嚴肅。

「世暻的爺爺過世了，我們打算去弔唁，如果跟班上的同學說，大家應該都會想去，所以最後決定我、班導和幾位親近的同學一起去。你也想去嗎……哦、哦，理獻啊！」

金得八突然牽起金妍智的手，帶頭走向金妍智的朋友們所在的人行道，身材嬌小的金妍智努力跟上他的步伐。

「聊天群組裡你都沒回應，還以為你不去了，後來才發現有一個人沒看訊息，我想你可能不知道要去弔唁。」金妍智本來想打電話問問，正好看見宋理獻走出校門。在一群放學的學生中，長相俊美的宋理獻格外顯眼，金妍智想起他那適合穿校服褲子的纖細身材。

剛好計程車來了，就被宋理獻拖著奔向了計程車。

其他同學在金得八來之前已經先叫了計程車，他們分乘兩輛計程車抵達了殯儀館，老師們已經先到達，鄭恩彩接到消息後出來接學生們。

大家在計程車裡雖然整理了衣著，但還是顯得緊張，不停地摸著校服的下襬，金得八則因為其他原因感到緊張，緊靠著同學們。

「孩子們，這邊。」鄭恩彩叫喊了學生，因為她不想在人來人往的人群中錯過他們。葬禮的規模雖然不大，但來弔唁的人卻相當多，身穿黑色西服的人們齊聚一堂，有些人戴著律師徽章，也有戴著檢察官徽章的人，這讓人感到困惑。

金得八現在雖然不是黑幫成員，只是一個普通的高中生，但金得八的習慣似乎深植於靈魂，他感到很焦慮。

「他爸爸是地位很高的檢察官。」

瞬間洪在民說過的話掠過金得八的腦海。

金得八認識的檢察官中，也有幾位姓崔的，因此他在穿過殯儀館大廳時，特別留意了電子告示板。

他在顯示葬禮室號碼和死者姓名、家屬或子女姓名的電子告示板上找到了崔氏，只有一位。因為似乎是個大家庭，所以告示板上的名字緊湊地排列，但有幾個名字格外顯眼。

故崔浩錫，其子崔明賢，孫崔世暻。

「……崔明賢是崔世暻的父親？」驚愕不已的金得八自言自語地嘀咕著。

❧ ❧ ❧

金得八之所以能夠完全接受死亡這個事實，都是多虧了崔明賢。

去年冬天，金得八以宋理巘的身分甦醒的第一個夜晚，他獨自躺在病房，靈魂在宋理巘的身體裡，被迫參加了自己的葬禮，目睹了自己的遺像後昏厥，再被送回了病房。

即使恢復了意識，金得八依然在宋理巘的身體。

他神情茫然地躺著，試著舉起手臂，那曾在打鬥中創造不敗神話的粗糙拳頭已不復存在。現在是由細嫩無繭的皮膚覆蓋的手，按照金得八的意志握成拳頭，手指彎曲的感覺很陌生。

打著點滴的手臂，瘦弱到讓人同情，是一雙狀況極差的手臂。

反覆確認了許多次，結果都是一樣的，那個在眼前顫抖的手臂是自己的，但不是金得八的，這實在是難以置信。

如果乾淨利落地死去，還比較容易接受，他無法相信自己一夜之間變成了另一個人。秒針轉動的聲音尖銳地刺激著他的神經、點滴的滴答聲不安地撩撥著他的神經，躺著的金得八艱難地起身。

他無法接受自己死亡的事實，他懷疑有人使用卑劣的手段，可能是敵對組織為了動搖金得八所屬的組織，而做的骯髒勾當。

或者，可能是那些從事人口買賣的人所為，黑幫金得八所處的世界中，為了利益，什麼非人道和非法的手段都有可能發生的。

他必須親眼確認自己的屍體，在那之前，他不能相信任何事情。

「啊呃……」

剛做完手術的身體，即使只是稍微一動，也會感到疼痛，金得八抓住點滴架，強忍著疼痛，只是踩到地面，額頭就冒出了冷汗。當疼痛稍微減輕，他依靠著點滴架開始走動。

他以極為緩慢的步伐，蹣跚地穿過夜深人靜的醫院走廊，電梯門開啟，強烈的光線使他目眩，金得八緊閉眼睛，抿著嘴將點滴架推進電梯，他摸索著按鈕選擇了地下室後，靠在牆上時，全身已被汗水浸透。

發出厚重震動聲的電梯停了下來，金得八緊咬著牙，一步一步地移動。

雖然已經過了午夜，但殯儀館的地下室卻亮如白晝，從靈堂那裡傳來了交談和哭泣的聲音，似乎還有人留在那裡。

金得八經過了自己的靈堂。

白天在靈堂看到自己的遺像後，因為震驚試圖衝進去查看屍體，但在病房裡冷靜下來後，他想起屍體被存放在太平間的事實，通常太平間離靈堂不會太遠，他在靈堂附近的走廊漫無目的地走動，太平間應該就在這附近。

他四處張望後，撥開了遮擋視線的瀏海，滿是汗水、灰塵和油脂的頭髮被撥到了額後，滑落到側面，露出了臉龐。他終於發現了刻有太平間字樣的鐵門，就是這裡。

他激動地試著轉動門把，但門沒有打開，「幹……」

門被鎖住了，金得八焦急地抓著頭髮，他或許可以用肩膀撞門破壞鎖頭，但以宋理獻那弱不禁風的身軀來看，即使全力撞擊，鐵門也只是輕輕搖晃。

新身體的局限讓他感到極度挫敗，金得八坐了下來，汗水從他的下巴滴落。

「……等一下……搜索票……原來……」

「……這種……位於首爾……」

金得八警覺地豎起了耳朵，他聽到皮鞋後跟重重地敲擊地面的聲音，中間夾雜著兩個人的對話，他們正朝這邊走來。金得八爬行到走廊轉角處，將自己和點滴架隱藏於牆後。

不久，周圍的聲音變得更大，響起了電子鎖解鎖的機械聲音。

「請進。」

那兩個男人走進了太平間，金得八拚盡全力站了起來，這是最後一次機會，如果錯過這次，可能到出殯都沒機會了。

他沒有意識到被發現的危險，他的腦海被一個念頭占據，在進入太平間的人離開，太平間再次上鎖之前，他必須確認屍體。然而，他的身體無法跟上。

當金得八努力支撐即將彎曲的膝蓋時聽到有人說話。

「是、是，按您的指示護送檢察官……」

有個男人急忙從太平間跑了出來，似乎是在通話，只有他的聲音在空蕩的走廊中回蕩。通話的聲音漸行漸遠，金得八抓住了這個機會，他一邊蹣跚著推著點滴架，一邊滑進了太平間，裡面的冷氣和酒精味刺激著他的感官。

「嗯？」

留在那裡的男子見到陌生人進入，皺起了眉頭，男子挺拔的身姿和深邃的眼窩流露出嚴肅的氣息。金得八認出了他——崔明賢檢察官，一位專門處理重大犯罪案件的檢察官，與黑幫有著深厚的關係。

崔明賢不處理偶發性或一次性的重大犯罪，他主要負責那些計劃周密、規模巨大的犯罪，這些犯罪通常是組織性的，其中絕大多數涉及黑幫。

因此，他以打擊黑幫的檢察官聞名。

如果是高層幹部被捕，即便聘請了頂級律師，一旦案件由崔明賢檢察官接手，律師們就會著手準備降低刑期的辯護策略，他們不認為有可能擊敗崔明賢。

越是殘忍和暴力的犯罪，崔明賢的勝訴率越高，他能像親臨犯罪現場一樣，深入推測犯罪的細節。根據他的推測，經常能夠獲得更多原本不足的證據。

在犯罪問題上，崔明賢的思考方式不同於一般人，他的思維更接近犯罪者，有時甚至可以說是一個完美的犯罪者。他的腦海中似乎能夠完美地模擬犯罪過程，就像一個一生都在夢想著從事暴力犯罪的人。

黑幫中甚至流傳著這樣的笑話，如果崔明賢不是檢察官，很可能會變成連環殺手或是心理變態者。

金得八雖然和崔明賢之間沒有直接的接觸，但他一直在意著崔明賢。

金得八並非有意加入黑幫，因為沒有學歷且缺乏技能，無法維持生計。他之所以加入黑幫，只是因為他的拳頭夠硬，擅長打架，不論是用拳頭還是刀子，他都能在打鬥中倖存。不過他無法忍受販賣人口或欺負弱小的行為，雖然組織之間有一個不成文的規定，即互不干涉對方的業務，但金得八有時會暗中洩露情報給崔明賢。

從擺在崔明賢面前的金得八屍體來判斷，崔明賢也注意到了金得八。

「啊……」

金得八一開始對崔明賢為何來到太平間感到疑惑，但也只是一開始。

發出了低沉的呻吟聲，金得八慢慢地走了過去，看見自己躺在一塊長方形的不銹鋼板上，從別人的視角看到自己一輩子只在鏡中見過的臉，既感到陌生又有強烈的確認感。即使臉上因車禍留下了各種傷痕，他仍能在破碎的臉龐中認出自己。

蓋在臉上的白布被拉到胸口，右臂上的青龍刺青也證實了他的身分，金得八二頭肌上的青龍之眼，生前隨著肌肉的動作而顯得栩栩如生，但現在死了，青龍之眼也只不過是一個黑色的圓圈。

雖然看到了屍體，但不想承認的心情依舊沒有改變，這種心情反而越來越強烈，他在想，靈魂來到這裡了，那麼肉體是否也會跟著復活？這種荒誕的希望驅動著金得八。

點滴架輪子的聲音特別響亮，金得八走向自己的屍體，不由自主地伸出顫抖的手臂。

啪——一直在一旁觀看的崔明賢拍了他的手腕，不讓他碰觸屍體。

「你是誰？這裡不許進入。你家屬在哪裡？」

崔明賢看到的是一個瘦弱的少年走進太平間，少年臉色蒼白，就像見到鬼一樣，看似隨時會倒下，但眼神中卻流露出強烈的渴望。

「……」

金得八張開了他乾裂的嘴唇，嘴裡的唾液乾白，讓嘴唇黏膩地緊貼在一起，他試圖扭動手腕掙脫束縛，但宋理獻的力量遠遠不夠。金得八已無法正常思考，只能用哀求的眼神向崔明賢求助。

像是透過窗戶欄杆觀看風景般，崔明賢凝視著扭動的少年，重新抓緊了他的手，讓少年的食指伸出，其餘手指折疊成拳，然後將食指放在屍體鼻子下方。

金得八起了雞皮疙瘩。

他的食指上感受不到任何呼吸，當他試著將食指靠近鼻子下的皮膚時，崔明賢堅決地阻止了他：「不能摸。」

崔明賢花了許多時間證明給他看金得八已經斷氣了。

「喂，這裡禁止外人進入！」結束通話後回來的醫院人員大聲喊道。

他試圖拉開金得八，但被崔明賢搖頭制止，崔明賢雖不同意他觸摸屍體，但他同意等他確認死者的死亡。

金得八難以接受這一切，凝視著崔明賢，最終崔明賢緩緩點了點頭，如同宣判一般。

真的死了。

金得八這才意識到，他對自己身體可能還活著的最後一絲希望破滅了。

那天下午，祕書李美京來到宋理獻的病房，金得八在平板電腦讀了宋理獻的日記後，感到憤怒並發誓要報復。

宋理獻躺在床上，用手臂當枕頭，對那些年輕人竟然能如此殘忍感到憤慨，他反覆思考，突然感到腳底下的空虛。

真是可笑，躺著卻感覺腳下空虛。

然而，那種失落感越來越強烈，不只是腳，而是遍及全身，他的心臟感到一陣刺痛，感到空虛和恐懼，就像是在茫茫大海中漂浮的浮標，覺得自己無比渺小。

金得八從未有過這種感覺，這是他生平第一次體驗到的感覺，他明白了這巨大的失落感是什麼。

葬禮已經結束，他的身軀已化為灰燼。

金得八親身經歷了肉體喪失的瞬間，他同時也感受到靈魂與肉體之間深刻的聯結，這讓他明白即使暫時占有宋理獻的肉體，也無法真正成為其主人。

金得八再次鞏固了決心，一旦宋理獻的靈魂回來，他會歸還這具身軀。

以鐵面無私著稱的檢察官崔明賢父親去世的消息傳開，雖然有些檢察官是清廉的，但鑑於崔明賢妻子的家庭背景，維持清廉並不容易。

他妻子的娘家是經營首爾知名百貨公司的財閥，因此葬禮上，不僅是崔明賢，他妻子娘家的親戚，也吸引了許多來致哀的訪客，場面十分熱鬧。崔明賢顯然不悅，他已經拒絕了許多花圈，但當又有新的花圈送來時，他走出去將花圈退回。

「孩子們，坐這裡吧。」

鄭恩彩在眾多弔唁訪客中艱難地完成了獻花致意，帶著學生們進入接待室，讓他們坐在空著的桌子旁，上面已經擺放了基本的小菜、酒和飲料。

金得八打開了啤酒，先詢問了班導：「老師，可以給您倒杯酒嗎？」

「呃？」

鄭恩彩正想喘口氣休息一下，宋理巘使已經優雅地拿起啤酒瓶，她不知不覺地遞出了杯子。

在有著嚴格階級制度的黑幫生活中，金得八非常熟悉酒桌上的禮節，雖然宋理巘的舉動看起來有些不自然，但他右手握著酒瓶口，左手托住右手，傾斜了啤酒瓶。

當鄭恩彩看到他連細節如酒瓶不觸碰酒杯，遮住酒標等酒道禮儀都注意到時，她有些錯愕地喝了手中的啤酒，啤酒和泡沫的完美搭配。

——一個高中生怎麼這麼會倒酒？

她懷疑有未成年人喝酒時，突然想到宋理巘的母親是酒精成癮者，這讓她感到鼻酸。只有宋理巘一個人照顧患有酒精中毒的母親，他可能無法拒絕母親要求倒酒的請求，一個孩子又怎會懂這些，母親是他唯一的親人，肯定會聽從她的。

在這種家庭背景下，宋理巘很可能會走上歧途，但他獨自克服了校園霸凌，並且與同學們保持了良好的關係，這真是令人佩服又驕傲。

——我們理巘還沒有夢想……我得幫他找到夢想！

鄭恩彩決定要進行家庭訪問，為了掩飾因為宋理巘的處境而變紅的眼睛，她轉過頭喝了一大口啤酒。

與此同時，不清楚鄭恩彩心思的學生們，好奇地觀察著和家人一起面對弔唁訪客的崔世暻，他代替父親站在獻花臺旁邊，臉色蒼白。班上孩子們給予慰問時，他的表情也是如此，露出的苦澀微笑比不笑還要糟糕。

孩子們交頭接耳，感同身受著世暻的悲傷。

「世暻的臉色，看起來真的很不好。」

「看來跟爺爺的關係很好……」

「我們得振作，這樣世暻才能振作起來。」

當氣氛變得沉悶時，一個男生想要炒熱氣氛，給每個杯子裡倒滿了可樂，即使坐在他旁邊的女生戳他，提醒他識相點兒，男生還是執意舉起杯子，開心地提出了一個建議。

「大家，我們來乾杯吧？」

「在喪家乾杯是不恰當的。」金得八溫和地做了勸告，氣氛再次變得嚴肅。

鄭恩彩決定與其他老師一起留下，孩子們吃完一碗牛肉湯後便離開了殯儀館。在他們起身離開之前，崔世暻的母親過來感謝大家，但崔世暻卻被一群穿黑色西裝的中年人攔住，未能道別。

離開了人口密集的殯儀館，五月涼爽的夜空中瀰漫著花香，吸了一口清新的空氣，心情也跟著變得輕鬆，原本沉重的氣氛逐漸恢復正常。

他們在殯儀館的正門外商討了回家的方式。

「同方向的人一起搭計程車回去。」

「理巘，你怎麼回家啊？只有你家在反方向。」

金得八瞄了一眼手上的手錶，然後開口說：「我打算坐公車回家。」

「不叫司機大叔嗎？」

「呃……他回鄉下了，他說家裡有事。」金得八臨時編了一個謊言，然後送他們去搭計程車。

「明天見！」

「嗯，路上小心。」

最後坐上計程車的孩子們在車內向外揮手時，金得八也回以揮手，並拍打著計程車催促它快點出發，當冒著廢氣的計程車鑽進了其他車道，消失在視線中，金得八沒有走向公車站，而是轉向殯儀館。

時間漸晚，弔唁的人減少，殯儀館變得更加舒適，葬禮的菊花花圈比自己葬禮時還多，金得八邊走邊觀察著那些花圈的發送人。

看來崔世暻的家族確實了不起，金得八每經過一個花圈都會發出讚歎。

學校的老師們還留在接待室，所以金得八在接待室看不到的地方偷偷觀察著獻花臺，喪主仍在那裡迎接弔唁訪客。

金得八弔唁的時候，家屬似乎去休息了，有些新面孔出現了。

因為拒絕接受花圈而離開的崔明賢回來了，正和慰問的弔唁訪客握手，金得八把手從褲兜裡拿出來，立正站好。

崔明賢看著從獻花臺離去的弔唁訪客時，發現了宋理巘。

或許因為在意料之外的地方遇見，崔明賢顯得特別驚訝，但這並不代表他認不出宋理巘。對崔明賢而言，宋理巘是個像謎一樣的人物，他甚至還對其進行了背景調查。

崔明賢為了親自查證幫派首領金得八的死訊而來到太平間，在那裡意外地遇見了少年宋理巘。

光是躲藏在太平間這件事就令人印象深刻，更不用說宋理巘當時的反應了，他震驚得就像目睹自己的死亡一樣，這暗示著他和金得八之間有著特殊的關係。

如果在太平間的那次相遇就結束了緣分，崔明賢便不會再對宋理巘做進一步的調查，但他每年開學都會拿到兒子班級的同學名單，這不僅是為了監控世暻，也是為了保護其他孩子不受自己兒子的傷害。

崔明賢很清楚崔世暻享受哪些殘忍的幻想，因為他本人就是如此，而他的兒子在六歲時，曾將這些幻想付諸行動，這就是崔明賢監視並壓制崔世暻的原因。

崔明賢在翻閱附有半身照片的名單時，發現了一張熟悉的臉孔，儘管頭髮剪短了，但那稚嫩的五官無疑是他在太平間見過的臉。

從那天開始，崔明賢便著手調查宋理巘。

崔世暻以為是因為自己，崔明賢才會調查宋理巘，但那只是他的錯覺，其實，崔明賢一直在監視宋理巘這個人。

連續遇到和幫派首領金得八有關的少年，必定有其原因，不論是什麼，身為經驗豐富的暴力犯罪檢察官，直覺告訴他，宋理巘是關鍵人物。

此刻，在人來人往的喪禮現場，兩人頑強的目光相互交錯。

短暫對視後，金得八率先以宋理獻的模樣向崔明賢行了一個無聲的敬意，崔明賢則簡短地點頭回應。

❦ ❦ ❦

和崔明賢打過招呼之後，金得八沒有直接回家，而是在殯儀館建築物附近徘徊，聽說戶外有家屬休息區，但偏偏戶外休息區建築物的兩側各有一個，金得八在第一個休息區沒有看見崔世暻，便朝另一邊的休息區走去。

手機短暫地震動了一下，金得八查看了新訊息。

ㄨㄏㄒㄢ

發送者崔世暻，內容是ㄨㄏㄒㄢ。

在殯儀館建築物周圍繞圈繞到有些惱火的金得八，忍不住發出低沉的咆哮聲：「這是什麼鬼話呀。」

訊息用的是注音，還真是創新，現在的孩子真是讓人捉摸不透。

「至少應該告訴我你在哪裡啊。」

金得八要不是因為沒把離家出走的學生送回家反而帶到江陵的罪惡感，他早就拋下一切回家去了，在獻花臺那裡看到崔世暻露出蒼白的笑容，雖然心煩意亂，但還是快速走向對面的戶外休息區。

月光明亮的夜晚，金得八好奇那花香從何處飄來時，看到遠處的戶外休息區有刺槐花，終於找到他很是開心，於是快步奔向了木製涼亭。

金得八開心地奔跑，背包裡的鉛筆盒也跟著發出聲響，他看到一個人影坐在高的花壇上，急忙停下腳步，那個人影在金得八站在面前時抬起了頭。

穿著黑色西裝的崔世暻仰起下巴，眼角低垂，看他那疲憊又可憐的樣子，金得八忍不住斥責：「你這麼高大，不坐在舒服的長椅上，怎麼反而蹲在花壇裡。」

「那邊太吵了。」

這時才想到，木製涼亭裡已經有人在裡面聊天抽菸。在路燈的照射下，可以看到涼亭柱子上的禁菸標誌，考慮是否應該趕走那些人讓崔世暻坐下時，崔世暻突然抓住了他的手腕搖了搖。

看到崔世暻表現出想要被關心的行為，金得八細心地觀察他的臉色，看來從他們回到首爾後，他好像都沒有好好睡過，眼下的黑眼圈非常顯眼，金得八問道：「你還好嗎？」

「不好。」崔世暻沒有說客套話，但這比假裝沒事要好。

這種時候，抽一根菸能夠帶來意外的慰藉，金得八摸了摸胸口，但他身上只有戒菸用的糖果。

吃點糖可能會好一些，便這樣問道：「……你要吃糖果嗎？」

「不要。」但換來的卻是強忍笑意的拒絕。

被崔世暻當成小孩，金得八不悅地想抽回被抓住的手腕。

「我可以靠著你嗎？」

「在這裡？」

在他反問之前，崔世暻已經拉著他的手腕，把額頭靠在金得八的胸口，因為疲勞導致他的體溫比平時高，崔世暻在他心臟上方撒嬌般地蹭著。

金得八心想他一定是累到極點，才會靠過來，便讓出了自己的胸膛。他的信念是，在這個艱難的世界裡，男人應該懂得借出胸膛給人靠的義氣，如果崔世暻哭泣，他會假裝沒看見，但崔世暻並沒有哭。

在欄杆外道路上奔馳的汽車聲掠過耳邊，幾分鐘後，金得八胸膛上呼吸接觸的地方變得熱烘烘的，金得八感覺到崔世暻的呼吸，覺得持續這樣會變得尷尬，於是開始努力找話題交談。

「家裡沒說什麼嗎？」

「因為關了手機被罵了，就這樣。」

「那就好……啊，對了……」他輕敲了崔世暻一下，讓他抬起頭，從江陵搭計程車來的路上一直很好奇，但因為崔世暻看起來很嚴肅，所以沒有問出口。

「我們之前在書店見面時，你說你來探病，那時候是去看生病的爺爺嗎？」

「嗯。」

「你和爺爺還滿親的嘛。」

探病也去了，因為沒能在臨終時守候而感到失落，本以為他們感情深厚，所以才特別傷心，但是崔世暻卻睜大了眼睛眨了眨，反駁了那個他不是很滿意的說法，然後再次將頭倚靠在他的胸膛。

「沒有。」

「這樣嗎？哦，他們說你看起來心情很不好……」

金得八的預測出錯，他開始找藉口辯解時，崔世暻打斷了他的話。

「爺爺是個好人，我很難過，也很抱歉，但是……」

親祖父的離世讓人感到惋惜，希望他死後能到了一個好地方，但僅此而已，崔世暻無法從中找到更深的意義，通常他會在葬禮前適當地表現出悲痛，但因為沒有在祖父臨終時守候，他已經在想崔明賢會給他什麼懲罰，因而感到窒息。

「比起那個，我更擔心我爸覺得我很奇怪……爺爺臨終我沒能守候在旁，如果不表現出悲傷，我怕又被看作是奇怪的人。」

從六歲那件事之後，就一直生活在監視和壓制之下，但以離家出走的形式反抗，並錯過了祖父的臨終。

這些行為從崔明賢的標準來看，絕對是不正常的，這件事不會就這麼算了。

崔世暻能夠忍受崔明賢給予的任何懲罰，但他無法忍受連假宋理獻也受到波及，這讓他極為反感。

自己被親生父親監視已經很恐怖了，如果假宋理獻知道自己也被他人監視，可能會鄙視崔明賢，而這種鄙視很快會波及他的兒子崔世暻。

想起在藥泉亭看到假宋理獻那充滿鄙視的眼神，崔世暻感到自己像是被逼到了懸崖邊的急迫感。

他的手抖得像遭遇了地震，緊緊地攬住了宋理獻纖細的腰，「我知道我不正常。」

宋理巘的腰被崔世暻緊緊抱住，覺得不大舒服的金得八想要推開他，伸手抓住了崔世暻的肩膀。

崔世暻則是使勁十指緊扣，開口說道：「所以我擔心你會討厭我……」

「我很害怕。」崔世暻在沉默之後小聲地說。

從他低沉的聲音中透露出被拋棄的恐懼，讓金得八無法狠心推開他的肩膀。

沒有得到任何回應，崔世暻便又使出絕招，他拉近緊緊擁抱著的細腰，懇求地說：「抱我。」對自己的耍賴感到有些害羞，小聲地補充：「……因為太冷了。」

即使覺得害羞，仍然強烈地想要抱緊不放，甚至願意拋棄自尊心，只因為害怕失去假宋理巘後的空虛。

在看了崔世暻那再明顯不過的耍賴之後，金得八最後也跟著附和。

「是啊，真的有點冷。」

金得八用力抱緊要鑽進自己胸膛的崔世暻，他立刻變得乖巧起來。仰望天空的金得八，深吸了一口氣緩緩呼出，但沒有呼出白氣。

充滿花香的五月，夜晚還算涼爽，但即使如此，金得八還是輕撫著崔世暻的後腦杓，低聲說道：「真的有點冷……」

就好像崔世暻的耍賴並非真的耍賴，而是因為天氣真的很冷，他沒有放開崔世暻。

當宋理巘搭乘的計程車左轉消失在視野後，崔世暻才回到葬禮會場，懸掛在殯儀館大廳天花板的燈光映在大理石地面上，照亮了整個空間。

崔世暻沿著地板上的燈光走著，對深夜仍然不斷前來弔唁的賓客致意，先前在假宋理巘面前耍賴的崔世暻已不復見。

「呀，崔世暻。」一位剛完成弔唁正要離開的律師認出了崔世暻，並迎向了他。

這位男士是崔明賢在司法研修院的同期同學。

「好久不見，你長這麼大了呀，我都認不出來了。」

「謝謝您撥空來參加爺爺的告別式。」

崔世暻恭敬地致意，那位律師放聲大笑，同時拍了拍崔世暻的肩膀。

「當然要來了。對了，聽說你成績很好，你也打算跟隨你父親的腳步嗎？我這是為了你好，如果你想去法學院，從大學一年級就要好好管理學分，不要被周圍環境影響。現在有了法學院，成為法律界人士容易多了，律師考試，那簡直是小菜一碟！我當年參加司法考試的時候……」這位男子的話就像是決堤的水壩般滔滔不絕，他的忠告逐漸變質，最終變成了自吹自擂。

崔世暻從自己內心深處汲取僅存的慈愛、親切與博愛，露出了燦爛的微笑，這位幾年才會見一次面的男人，卻在那裡吹噓和說教。在崔世暻那迷人又使人放下戒心的微笑背後，正計劃著如何讓這位律師閉上他那煩人的嘴巴。

——我該撕裂他的嘴嗎？有什麼東西鋒利得能割下肉？而且還要容易取得，不能留下購買痕跡。

崔世暻想起了去外部休息區的路上看到的殯儀館一角，那裡有個回收區，堆放著空的啤酒瓶和燒酒瓶。

殯儀館位於市中心，雖然有CCTV，但回收區有破裂的帆布覆蓋，形成了長長的帷幔，可以利用它創造CCTV的盲區，用手帕抓住瓶頸，避免留下指紋，猛力砸碎瓶子，撕裂律師的嘴巴，但是律師不會那麼輕易被擊倒。

——就算他信任我跟著我走到回收區，一旦瓶子破裂，他會發覺到即將發生的事情。即使撕裂他的嘴，血也會四處飛濺，造成麻煩。

——要怎樣撕裂嘴巴又不讓血濺出來……啊，殺了他就行了，心臟一旦停止，血液就不會流動，就算割下他的肉，血也不會噴出來。

在激烈的想像中，殘暴刺激了腎上腺素的分泌，呼吸變得粗重，黏膩的唾液使嘴裡感到酸澀，隨著心跳加速，血液在全身奔騰。

然而，興奮感很快就消退了。

崔世暻很快就失去了興趣，放棄了他的想像，臉上的微笑逐漸淡去，無論如何，這都不是他實際會去做的事。

這次和以往不同，他能夠區分幻想與現實，知道這是不應該做的事，所以沒有付諸行動，不是因為崔明賢的壓迫和監視。

——你要清楚自己要做什麼，並對自己的行為負責到底。如果你做不到這一點，那你就還是個孩子。

正如假宋理巘在江陵旅館所說的，崔世暻只是清楚自己會做什麼，不會做什麼，當意識到幻想變為現實時所需承擔的責任時，那些殘忍的幻想變得荒誕，讓他忍不住輕笑。

與此同時，律師誤以為崔世暻的笑臉是順從，於是更加賣力地說教。

「世暻，你幸運遇到好父母，但你不能依賴父母的背景，懂嗎？要有饑餓精神！現在的年輕人太過安逸，缺乏進取心，不管是律師還是檢察官，都是順風順水地長大，輕鬆取得資格證，以為自己是最棒的，這種心態到頭來……」

當崔世暻期待律師的廢話盡快結束時，一位白髮男子帶著祕書從律師後面走過大廳。雖然比照片上老了許多，但憑藉那雙猛虎般閃閃發光的眼睛，崔世暻認出了他。

他是宋理獻的親生父親。

發現崔世暻沒有看著自己，而是看向自己身後，律師故意用嚴厲的語氣說話：「崔世暻，大人在說話，你在看哪裡啊？」

然而，崔世暻很著急，他擔心錯過宋理獻的親生父親。

「好的，我知道了。請慢走。」

「不是，大人的話還沒說完呢……」

「我不去法學院，請慢走。」

崔世暻推開想要攔住他的律師，加快腳步朝宋理獻的親生父親走去，等對方也察覺到自己正直接朝他走去後，便停下腳步。

儘管那魁梧的身材展現出大企業的巨匠風範，但實際上，他是靠妻子家族的幫助才勉強救回那瀕臨破產的公司，他只是一位生活在妻子眼色中的無牙老虎。

崔世暻為了掩飾自己對宋理獻親生父親的印象，努力地控制住臉上表情，恭敬地鞠了個躬。

崔世暻表現出的謙遜和順從的態度讓那位男士很是滿意，於是用溫和的低音問道：

「你是誰？」

宋理獻的親生父親，同時也是會長，問得雖然輕鬆，但考慮到他們平時沒有交往，他還親自來參加葬禮，很可能已經知道崔世暻的身分。但在這個社會中，需要幫忙的人應該先介紹自己，這是一個不成文的規則。

「我叫崔世暻，我的父親是崔明賢。」

「啊啊，對了，我想起來了。我小時候見過你。那個小傢伙長這麼大了啊？」

會長等到崔世暻自我介紹後才想起，這才讓一直彎著腰的崔世暻站直，並主動伸出手來，他對這孩子的禮貌表示讚賞，輕輕地拍了崔世暻的肩膀說道：「有你這樣的小孩，你父母一定很自豪吧。」

會長從額頭往後梳的白髮，在燈光下宛如太陽閃耀著光芒，他用銳利的三白眼觀察崔世暻，當臉上一直帶著笑容的崔世暻沒有露出畏懼的表情時，他才放鬆了眼神，安慰了崔世暻。

「你的父母心裡很踏實吧。」

「我帶您到靈堂。」

「好，走吧。」

雖然身為一家企業的會長，理應自然地受到眾人的尊敬，但他只是個名義上的會長，實際上被妻子剝奪了實權，像是塊空心的糕點，也許正因為如此，會長對崔世暻主動問好、嚴守禮儀並熱情地引導他，顯得非常滿意。

「如果我也有像你這樣的兒子，現在我也會覺得很踏實。」

不瞭解情況的人，可能會認為會長是因為只有三個女兒而沒有兒子，所以感到遺憾。

然而，崔世暻明白會長的真實意圖是在談論宋理巘，原本的宋理巘是個內向且脆弱的人，不敢與人直視，總是用劉海遮住臉。

像老虎般的會長似乎不願承認脆弱的宋理巘是自己的兒子。

「您……過獎了。」

雖然崔世暻很會演戲，但仍不免感到喉嚨像吞下荊棘般的刺痛感。從決定等待原來的宋理巘回歸開始，自責的情況有所好轉，但每當想到那個孩子，他的心仍然會抽痛。

會長知道他的私生子被替換了嗎？可能不知道。如果他真的那麼關心宋理巘，從一開始就不會發生宋理巘在雨天穿著睡衣亂跑的事了。

對宋理巘來說，會長幾乎是個敵人，但崔世暻不明白自己為何對他這麼恭敬，在理智下達指令之前，他就已經主動走向會長，並開始招呼著他，是崔世暻內心的殘忍本能驅使他接近會長。

這不是幻想，而是他貪婪、暴躁和殘忍本性所看見的機會。

然後，機會很快就來了。

「這邊請。」

交付奠儀後，正準備指引會長到獻花臺時，崔世暻在會長的肩膀上發現了一道反光，與他的黑色西裝形成對比，閃耀著光芒。

崔世暻毫不猶豫，根據本能行動，取走了那個閃亮的東西，當他的手指觸碰到會長的肩膀時，會長轉過頭來看著他。

對於突如其來的接觸，會長的三白眼像是在審問般地盯著他，但崔世暻卻露出熟悉的微笑，從小練習的微笑讓他能夠不驚不慌自然地應對這個情況。

「不好意思，有點灰塵。」

「不必為這種小事道歉，沒關係。」

幸好會長沒有再對表現出低姿態的崔世暻追問，直接走進了獻花臺，崔世暻也跟著進入並站在家屬位的尾端。雖然崔明賢的目光緊跟著他，但他沒有心思去注意，因為他仍無法相信自己手中的東西。

崔世暻趁崔明賢和會長握手的時候，打開手掌檢查，手掌中有一根長長的白髮，那是會長的頭髮，也是和原本宋理獻有關的基因資訊。

崔世暻想起了學期初假宋理獻丟給他的頭髮，要他去做基因檢測，那時他彎下腰撿起所有的頭髮，那些頭髮現在還保存在他書桌的抽屜裡。

第四章

時機還未成熟，他在等假宋理巘無法逃走的時候

崔世暻缺席數日後回到學校，班上同學們在得知其情況後，向他表達了遲來的慰問。之後，上學、上課、吃飯、學習，日復一日就像松鼠跑輪般，時間來到了六月初，迎來了初夏的熱浪。

怕熱的學生開始穿夏季制服上學，金得八看到有同學穿夏季制服的那天，放學就急忙回家翻找衣櫃。

他找到去年穿過的夏季制服試穿，但竟然小到讓他懷疑去年是怎麼穿上的，他知道自己長高了，但是褲子過短露出小腿骨，因為鍛煉胸部變寬，襯衫的兩邊必須用力拉才能扣上鈕扣。

金得八勉強穿上夏季制服，在全身鏡前轉了一圈後，毫不猶豫地脫了下來，直接跑去校服店買了新校服，穿上合身的夏季制服後，露出纖長的手臂和纖細的頸部，散發著初夏青澀的活力。

午休時分，操場上充斥著歡呼聲，宋理巘在同學們高聲吶喊中穿梭奔跑。在炎炎夏日下，對手隊伍的男生們汗如雨下，頑強地緊追不放。

「盯緊宋理巘！擋他！奪球！」

「在幹麼！快去擋宋理巘！」

宋理巘有時會想，這不過是午休時間的足球比賽沒必要如此拚命，但如果不這麼做，就難以阻止三年一班的連敗記錄。

這一切都只能怪自己。自從他加入後，三年一班不僅在敗部復活賽中勝出，甚至還一路闖入了決定冠軍的決賽。

一名男生為了截球伸出了腿，他全力截球揚起了塵土，乍看之下，宋理獻好像被絆倒了，給了對方隊伍一絲希望，但當宋理獻在塵土中踢開足球，跳過對方攔截的腿時，場上充斥著驚訝。

然而，驚訝得有點太早了。

「宋理獻，接住！」

接住球的隊友再次傳球，宋理獻飛身躍起，猛力踢出足球，球直線飛向球門，對方隊長絕望地大喊：「守住球門！」

防守和進攻球員都湧向了球門，但已經來不及攔截即將飛進球門的球，足球擦過守門員的指尖直奔球網，成功進球了。

「噢耶啊！」

三年一班的男生們緊握拳頭，高聲歡呼著，奔向宋理獻。

⁂

在炎炎烈日下踢足球，被汗水浸濕衣服的孩子們，占領了洗手臺，即使轉開水龍頭洗臉，熱氣卻仍然難消，於是他們直接把頭伸到水龍頭底下沖水。由於沒有適當的東西來擦乾，大家都用手撥弄濕漉漉的頭髮或是掀起T恤的下襬來擦，這時宋理獻索性脫下了他的白T恤。

在炙熱的陽光下，他那瘦弱但結實的肌肉在陰影中更顯突出。

「哇，你看宋理巘的肌肉。」

男生們驚歎著蜂擁而至。

宋理巘的身體是那種不容易長肌肉的體質，金得八沒有進行專業的飲食管理或是做增肌訓練，他只要有空就會進行鍛煉以增強體力，他的肌肉雖然堅實但並非特別突出。然而，他那天生的身體比例，纖細的腰部與寬闊的肩膀，使他看起來非常帥氣。

「你練肩膀了嗎？」

「你去健身房了嗎？還是在練習拳擊？這個你是怎麼練出來的？」

「你去哪裡健身？一塊去吧！我考完學測要去健身。」

宋理巘對問題充耳不聞，他從洗手臺的角落拿起一捲塑膠水管，隨便扔給了附近的一個同學，「用水噴我，沖背你知道吧？」

「怎麼會不知道？小時候在鄉下做過，十年前的事了，趴下吧。」同學的話聽起來像是在虛張聲勢，感覺像是要人相信他有十年經驗似的，宋理巘正準備趴下時，聽到身旁傳來了口哨聲。

「噢，那個大叔的腰很纖細呢。」

「宋理巘，你幹麼脫掉上衣。」

水龍頭附近，喋喋不休的聲音此起彼落傳來，是同班的女生們。

她們好像剛從福利社回來，每個人手裡都拿著點心，說自己討厭流汗而不參加足球比賽的崔世暻也混在其中。

——如果他參加，我們肯定能更容易獲勝。

宋理獻覺得遺憾，他決定下次足球比賽一定要拉上崔世暻，這時，女生們已經在水龍頭的上方占了位置。

「宋理獻的身材真是太棒了。」

「就是啊？喂，你們女生可能不懂，這種肌肉很難鍛煉的。」

女生們聚在一起發出驚呼聲，男生們似乎以宋理獻的身體為傲，把他當作炫耀的對象。他們一邊展示宋理獻的肌肉，一邊解釋其厲害之處，同時手也在宋理獻的身上亂摸。站在後方的崔世暻微微皺眉。

一位男生想要他展示二頭肌，於是讓宋理獻舉起了手臂，露出了他那光滑無毛的腋下。當指著胸肌的手指碰到宋理獻的乳頭時，崔世暻的笑容變得怪異扭曲，他表面在笑，但嘴角的僵硬透露出他在壓抑不悅，宋理獻本人似乎毫無所覺。

以金得八的靈魂來看，他們就像是一群剛出生的小雞聚在一起嘰嘰喳喳的，他想，這些小屁孩哪裡有機會見識到這樣的身體，就任由他們摸了，但這樣一來，崔世暻的表情卻越來越陰沉。

「理獻啊，你是打算專攻體育？」

「我有個朋友正在準備體育大學入學考試，要不要我介紹補習班給你啊？」

原本只是純粹讚賞肌肉的對話，竟然和大學入學考試扯上了關係，宋理獻這才推開了撫摸他上半身的手，露出了不悅的神情。

「體育大學不是誰都能去的，我只是普通的運動而已，你們也該運動一下，別只是嘴上說要減肥。」

「怎麼突然談起減肥話題了呢？」

「宋理獻，你太過分了。」

因為唸書長時間坐著，長了原本沒有的贅肉，這讓她們感到很有壓力，當宋理獻提到這一點時，女生們都變得嚴肅起來。

「不是，我覺得豐滿有福氣的樣子挺可愛的，是妳們一直哭著說自己胖了。」

「豐滿？哭著說？」

宋理獻慌張地辯解，但越說氣氛越糟糕，男生們在這尷尬的局面中悄悄撤退，讓宋理獻更加難堪。

沒有參與對話，一直在後面觀察的崔世暻，看著這一幕陷入沉思，然後輕拍了旁邊女生的肩膀，當她轉過頭來，崔世暻在她耳邊低語，她聽了之後似乎覺得有趣，俏皮地笑了起來，接著偷偷地叫了手持水管的男生。

「喂、喂。」

「……嗯？」

她用手遮住了嘴巴，只對那個男生微笑，並針對宋理獻使了個眼色，理解這個祕密訊息的男生覺得有趣而嘴角上揚，他咬著嘴唇，將水管對準目標。

接著，兩人交換了信號後，打開了水龍頭。

「冷靜一下，聽我說，就算胖了也很漂亮……啊！好冷！」

正在努力說服女生的宋理獻，突然間被淋了一身的冷水，他驚慌地躲開，但從水管中噴出的水流緊跟著他。

宋理獻一邊閃躲一邊奔跑，而水流緊追不捨，這情景讓水龍頭附近的人都忍不住大笑，而崔世曝看著自己不費吹灰之力就讓宋理獻洗了個乾淨，也露出了愉悅的笑容。

⁂

十分鐘的下課時間裡能做的事情真是無窮無盡，這十分鐘金得八大多待在福利社，當VIP顧客宋理獻來到福利社時，福利社大嬸會招手叫他過去，跟他介紹新進的商品。

今天介紹的新品是一個裝在圓形塑膠容器裡，裡面有冰塊的冰淇淋，不是冰棒、吸吸冰，也不是甜筒，而是一種新型態的冰品，金得八覺得新奇，便買了一個。

蓋子一打開，便看到細碎的粉紅色冰碴，像喝飲料般傾斜塑膠杯時，碎冰流入口中，那是相當可口的桃子風味。

金得八覺得年輕真好，牙齒不會感到冰涼，於是他故意咀嚼著那些碎冰。

雖然咀嚼著冰塊，但酷熱依然不減，金得八心想，這什麼鬼學校，三伏天怎麼還不開冷氣……

現在才六月初，還不到三伏天，不知道宋理獻的身體是不是特別怕熱，金得八在炎熱中掙扎著，他撩起了襯衫的下襬搧風。

因為午休時間被水噴了一身，T恤用來擦乾，所以只穿著襯衫，當他撩動襯衫時，涼爽的風輕拂過他的肌膚。

感覺稍微舒服一些，當金得八準備回教室時，他感到有股奇怪的目光，他四處張望，左右都是各自忙碌的學生。他摸著後腦杓，自認過於敏感時，突然抬起頭向上看去，果然，在樓梯上的崔世暻正靠著欄杆往下看。

「看什麼？」金得八一邊說一邊往上走。

崔世暻一副不爽地偷偷觀察著，然後往下走，兩人在樓梯口相遇。

崔世暻面帶莫測高深的微笑，突然開口說道：「粉紅色的。」

「嗯，JMT④」

金得八借用金妍智常用的流行語來形容味道，並遞出了冰淇淋杯子，當他握緊塑膠杯，粉紅色的冰塊浮了上來。

然而，崔世暻的視線並不在冰淇淋上，而是停留在宋理獻的胸前。

「要吃一口嗎？」

「等一下再吃。」

「等一下就沒有了。」看著即將融化的冰塊，竟然還說等一下再吃，金得八急忙遞出杯子，要對方趕快吃。

金得八突然驚訝地盯著崔世暻，更準確地說，他盯著的是崔世暻的手指，因為那手指正觸碰著自己的乳頭。

「……你在幹麼？」

「你的乳頭在跟我問好。」

崔世暻的食指像按門鈴般用力按壓了凸起的乳頭。

金得八撩起了襯衫領口引起一陣風，他從領口往下看，他首先意識到崔世暻按了自己的乳頭，其次明白了粉紅色的含意，這讓金得八對自己剛才說「要吃一口嗎？」的話感到臉紅。

「……哎喲！」

原來粉紅色不是指冰淇淋，而是宋理獻的乳頭。

當崔世暻伸手去觸摸另一邊的乳頭時，金得八揮動拳頭將他推開，崔世暻只好聳了聳肩表示無奈。

「你不是要我別忍耐。」

「不管怎樣，突然摸別人的乳頭不大對吧？幸好我是男的，如果我是女的，你早就被打了，然後被拖去警察局了。」

「幸好我想摸的乳頭的主人是個男的。」

「什麼？」

即使被金得八以看瘋子般的眼神看著，崔世暻還是說出了他一直等待的目的：「不要給其他人看。」

——是因為我在學校裸上身的關係嗎？還是剛才在洗手臺那裡有你喜歡的女生？

對原因感到好奇的金得八斜眼看著他，而崔世暻只是再次重申了他的要求。

「我希望你不要給其他人看。」

注釋④　JMT：韓文「존맛탱」的英文縮寫，意思是非常好吃。

如果他連想要獨自欣賞的內心想法也坦白的話，假宋理獻可能會逃跑，所以崔世暻帶著燦爛的笑容閉上了嘴。

時機還未成熟，他在等假宋理獻無法逃走的時候。

❧ ❧ ❧

在崔世暻和他兩人共用的K書中心包廂裡，金得八罕見地把空調溫度調高了，模擬考成績單上的等級不亞於盛夏的恐怖電影，現在距離學測剩下五個月，成績單上的數字恐怖到讓人毛骨悚然，以致於感到氣溫急遽下降。

等級有提升了，國文科目提升了二個等級，社會科目整體提升了一個等級，英文也提升了一個等級，但是從分數差很微小來看，似乎是運氣使然；如果原本的英文在六等級中是高標的話，那麼五月的模擬考獲得的是五等級中的低標；韓國史一直都考得很好。

雖然整體等級有所上升，但無法感到高興的原因是，最用功的數學科目，等級不升反降了。

就算金得八的意志再怎麼堅定，成績沒有顯著的進步，難免會感到疲憊。

「哎……」

連續的失敗讓金得八不再尋找外在原因，而是轉向自我反省，他開始懷疑自己的資質，並自我設限，認為再怎麼努力也是徒勞。他現在正處於這種狀態，質疑自己是否過於貪心，擔心即使改變外貌年齡了自己也無法改變本質，對於現狀感到極度自責，彷彿挖了一個無法逃脫的深坑。

當崔世暻分析宋理獻的成績單時，翻閱了金得八之前制定的學習計劃。崔世暻鼓起臉頰思考一會兒，然後小心翼翼地開口，以免讓金得八的心情更加沮喪：

「可以問你一件事嗎？」

「問吧。」金得八不只感到沮喪，甚至感覺自己正逐漸沉入深海。

數學拿到一級分的崔世暻，看著金得八問道：「你有什麼特別的理由，數學一定要達到高等級嗎？」

金得八瞪大了眼睛，模樣看起來有精神了一些，崔世暻感到慶幸，但又擔心被他揍，於是小心翼翼地補充說明：「我的意思是，你想去的科系很看重數學成績嗎？」

「……嗯？」

崔世暻想起金得八曾經弄錯期中考試範圍而學錯東西的情況，於是跟他解釋：「我們是文組生啊，有很多科系不要求數學成績，如果你想去的科系不考數學，那麼把學習數學的時間，用來學其他科目不是更好？」

假的宋理獻雖然很努力，但總是努力於錯誤的方向，到底該說他無知還是勇敢，界限很模糊，明知不可行，卻一意孤行，堅持到底，這種學習方式的效率極差。

到底是想申請哪所大學的哪個科系，才會讓文組生在數學上投入那麼多的努力和時間。如果這樣做等級有所提升，那也無話可說，但是……

「從投入的努力和結果來看，等級……簡直慘不忍睹。」崔世暻不忍直接說出數學等級，只得含糊其詞。

「還不如把學習數學的時間用來學習國文、英文或韓國史，你的韓國史現在是二等級，分數也很高，很快就能達到一等級，國文和英文的等級也有提升，在難度高的校內模擬考中還能提升等級，這本身就很了不起。如果減少學習數學的時間，按照你之前學習國文和英文的方式去學習，六月的考試你等級肯定會提升的。」

「可以這樣嗎？」金得八從沒有想過可以不學數學，這給他帶來了全新的衝擊，「主要科目是國英數，真的可以不學數學嗎？」

金得八從某處得知國英數的重要性，考試和學習終究都是需要策略的，但他身邊沒有人能幫他規劃。

他周圍都是一些與考試無關、無知的人，即使是組織內被認為是精英的人，也不理解金得八的大學夢想，不與他親近，也不介入這方面的事情。

大峙洞的知名講師家教怕惹怒黑幫金得八，盡量用委婉的方式表達，但是過於模棱兩可，未能提供實質幫助。

家教擔心如果某科成績下降會遭到組織報復，於是盡可能教授金得八所有科目，愚蠢無知的金得八堅持坐在書桌前，像苦力般努力消化學習所有的科目。

這就是那個讓人無法不流淚、平均成績七級分的原因。

反觀崔世暻，他是當今社會補教業的理想案例，出生於富裕家庭的聰明孩子，在得到全力支持下，完美地展示了可以將成績提升到何種程度的典型範例。

他從小在優質學區上頂尖的補習班，同時進行早期教育和預先學習，在模擬考中取得優異成績，人生一帆風順。

小時候被認為是英才，人們建議接受英才教育或是出國留學，但崔明賢因為某些原因反對，最後進入了普通高中。

不過，在普通高中，崔世暻並沒有任何不利之處。家境良好的崔世暻得到了豐富的大學入學資訊，他也毫不吝嗇地分享了他所累積的知識和經驗。

和愚鈍如熊的金得八不同，擁有如狐狸般狡猾心思的崔世暻在學習上有自己的訣竅，他擅長以最小的努力達到最大的成果。

他撕了一張紙，畫出金得八模擬考成績趨勢的折線圖，以便於理解，然後他將紙放在金得八的書桌上，並逐一解釋。

「你看這個，從學習時間來看，學習時間少的科目反而成績更好，提升等級所需的時間也更短，要提高等級的科目很多，不如先從其他科目開始提升。」

崔世暻沒有停下來，他接著畫出了平均學習量的長條圖，並將其與折線圖重疊，金得八像是盲人忽然開眼般驚奇，他感同身受地體會到了那種溺水者抓住救命稻草的心情。

他將「努力」這個抽象的概念用具體的數字分析，並視覺化成圖表之後，希望也變得更加具體。

堅持不懈地學習並不代表著不會感到疲憊，對於成績停滯不前感到疲憊的金得八來說，崔世暻猶如一線曙光。

「別想要學習所有科目，針對你較弱的科目學習，效果會更好。」

若能針對金得八的日標科系制定具體的升學策略會更好，未能如此崔世暻感到有些遺憾，於是他列出了可能迅速提升等級的科目。一向只把崔世暻當作小屁孩的金得八，此時眼中充滿了對他的敬意。

在解釋的過程中，崔世暻的上半身逐漸越過書桌的隔板，K書中心的書桌對並肩而坐的兩個男生來說有點太窄了。

平時金得八可能會抱怨太擠，但他現在專注地看著崔世暻寫的內容，他們的肩膀不只相碰，甚至緊靠在一起。

金得八漸漸和崔世暻同步，像是踏進了一個全新的世界般深陷其中。

✽ ✽ ✽

星期天上午的天氣晴朗，陽光灑在足球場的人造草皮上，此時正舉辦著高中三年級排球、足球決賽的運動場瀰漫著一股緊張氣氛，學生們分別戴著黑色和白色的運動頭帶分隊，互相牽制著對方。

嗶——足球教練的哨聲響起，學生們立刻熱血地奔跑起來。

「先緊盯宋理獻！」

——這不過是同校學生之間的小型足球比賽，有必要這麼認真嗎？

金得八本來以為足球比賽只會在學校運動場隨便舉辦，如今卻來到戶外足球場進行正式的決賽，即使是參賽的學生也覺得有些荒謬。

「輸了就死定了！不要讓球被搶走！快跑！」

他們頸部的青筋暴起，有絕對不能輸的意志，按照戰術，中場球員集中盯防宋理獻，因此可以輕鬆地搶下了球。對手隊伍的主攻球員往三年一班的球門踢了一球，他帶著要進第一球的決心，肌肉結實的小腿飛快地奔跑。

此刻，獎金已經不重要了，這是一場關於自尊的戰鬥，這一切都是從宋理獻開始的……

自從知道宋理獻就讀的高中，三年級不會參加任何活動，包括體育比賽、研討會、校外教學、慶典等之後，金得八很震驚，於是對足球比賽更加執著。他自掏腰包增加獎金、租借足球場，甚至還購買了對手隊伍也能使用的運動頭帶，最關鍵的是，他故意每次都在午休時間舉行比賽，贏得比賽後挑釁對手隊伍。

一些被宋理獻瞧不起的男生希望在決賽中看到他輸球，以挫挫他的傲氣，因此他們為對手隊伍加油。

對手隊伍想贏球的意志是很強大的，但是他們犯了一個錯誤，那就是只盯防宋理獻。當宋理獻被集中盯防，不能自由奔跑時，他大聲呼喊：「崔世暻！」光是聽到他的名字就讓對手隊伍的主攻球員感到措手不及，轉過頭一看，當看到身材高大、體格健壯的崔世暻笑容滿面的瞬間，球就被搶走了。不只是中場球員，連進攻手也緊追著帶球向己方球門進攻的崔世暻。

「阻擋崔世暻！」

「保護崔世暻！」

企圖阻擋崔世暻的對手隊伍，和想幫助崔世暻到達球門的隊友在場上相互纏鬥，崔世暻巧妙地避開對方的鏟球和衝撞，帶著球前進。即使在炙熱的太陽下，肩膀撞擊頻繁，汗水如雨，崔世暻也沒有讓球被奪走。

「呃咳……」

當接近球門時，連防守球員都阻擋著崔世暻，炙熱的陽光和男生們散發的熱氣，讓人喘不過氣來。

球門近在咫尺，但對方的防守非常嚴密，崔世暻一邊擦去睫毛上的汗水，一邊尋找可以傳球的機會。

之前集中盯防宋理獻的球員們紛紛湧向崔世暻，因此宋理獻正獨自奔跑著，在猛烈進攻的球員之間，他們的目光短暫交會，只是一瞬間，沒有其他的暗號或戰術。

然而，崔世暻相信那一瞬間，便將球傳了出去。

用力踢出的球在空中畫出了一道弧線。

「宋理獻！」

當崔世暻稍微晚些喊出他的名字時，宋理獻背對著太陽跳起，順利用腳背將球踢進了球門。

響亮的歡呼聲在場中回響。

第一個進球是由三年一班攻下的。

足球會的會員們和觀眾們齊聚一堂，足球比賽在熱鬧的氣氛中落下帷幕，最後由三年一班取得勝利。

他們用獲得的獎金在知名連鎖比薩店辦了聚餐，店裡的工讀生從週末中午開始忙到馬不停蹄，為這群滿身臭汗的高中男生，不斷往沙拉吧補充食物。

他們一行十幾個人，占了兩張大桌子，為了補充一早在足球場上耗盡的體力，狼吞虎嚥地吃著食物。

他們把沙拉吧和披薩吃得所剩無幾後，才放慢速度，喝著碳酸飲料稍作休息。

一名咬著吸管的男生偷瞄了一眼，他看到宋理獻正專心地用叉子進食，頭戴著白色的運動頭帶，使他細長的臉型更加突出。

可以看出他對足球賽是真心的，連服裝也很專業，足球鞋加上足球長襪，以及具有透氣和吸汗功能的運動品牌短褲和他所支持的外國足球隊的球衣，宋理獻全身散發出一種彷彿從運動時尚雜誌走出來的休閒魅力。

宋理獻的確是女生們會喜歡的類型，旁邊自認長相平凡，和他相比自慚形穢的男同學，咬扁了吸管末端狂吸，直到飲料吸不上來的時候，他才鼓起勇氣提問：「宋理獻，你和金妍智在交往嗎？」

宋理獻進食時突然被嗆到，劇烈地咳嗽起來，他轉過頭勉強把咳嗽壓下，擺出一副好像聽到了不該聽的表情，其他男生們都忍不住捧腹大笑。

「哈哈，快看宋理獻的表情。」

宋理獻一口氣喝了整杯水，然後說：「說點靠譜的話吧。」

他果斷地否認了。

提出問題的男生在遞出紙巾表示歉意的同時，看起來像是久積的胸悶終於消散，顯得相當放鬆。

「你們倆看起來很親密……」

「我們只是很好的朋友，我怎麼可能跟小朋友交往呢。」

由於靈魂是金得八，和女高中生交往的想法本身就令人毛骨悚然，應該被當作人渣，但這些十多歲的青少年卻對其有了不同的解讀。

「原來理巘喜歡豐滿的女生啊，我懂你的心情。」

「不過，金妍智也滿可愛的。」

「我們班女生都挺漂亮的，不是嗎？」

「真心話嗎？你眼睛瞎了嗎？」

「世暻你呢？你覺得誰最漂亮？」

崔世暻一臉不解，為何話題會從金妍智轉向他。他一邊喝著可樂一邊思考，他和宋理巘戴著同款的頭帶，黑髮從頭帶上方流瀉，如波浪般在兩側搖曳，他認真思考的時候，黑色瞳孔似乎沉浸於漆黑之中。

男生們覺得宋理巘可愛且易於親近，因此在女生中很有人氣。另一方面，長得帥、個性好、身材佳的崔世暻，學業成績也很優異，連男生都覺得他很有魅力。女生們在崔世暻面前都會故作矜持，如果是男生之間的競爭，遇到崔世暻的話肯定會輸，這是試探他人是否和自己喜歡上同一個女生的好機會。

在場的人除了如松鼠般吃著東西的宋理巘之外，其他人都聚焦在崔世暻身上。

「這個嘛……」

如果對某人有好感，會覺得對方很漂亮，但崔世暻就是無法做出選擇。此外，因為在球場上跑到筋疲力竭，他輕揉著臉上那漸退的紅潮，喉嚨裡發出了疲憊的聲音。

「那別班呢？別班也沒有嗎？」

「別班嗎？嗯……」

雖然對喜歡崔世暻的女生們感到歉意，但當發現崔世暻沒有喜歡的女生時，他們便高興地催促他。

「一個都沒有嗎？」

崔世暻終於點了點頭，他確實是沒有喜歡的「女生」。

不了解崔世暻深層想法的孩子們不只高興，還很驚訝。

「崔世暻，你的眼光真高，現在想想，我好像從來沒聽過你說哪個女明星漂亮……你有理想型嗎？肯定有吧。」

「連理想型都沒有嗎？比如長髮的、貓咪相、狗狗相⑤之類的。像我沒有刻意挑選，但我以前的女朋友都是狗狗相。」

注釋⑤　動物相：動物相最初源自於韓國演藝圈，粉絲用來形容偶像的長相，近年連韓國人年輕人也流行用「動物」來形容長相。「貓咪相」最大的特徵是眼角微微上揚，性格上如「貓」一樣高冷，富有傲嬌的魅力等。「狗狗相」的特徵是擁有輕微下垂的眼角，有種可愛的無辜感，而且眼睛和鼻頭一樣圓圓的，讓人看了都想像摸小狗一樣摸摸他們的頭。

金得八靜靜地聽著這些小屁孩談論女性，驚訝於他們對異性的看法，他們不考慮自己的外貌，只顧著評論女生，讓他覺得很神奇。

這些人出社會之後肯定會去夜店或酒吧獵豔……作為一個死去的老光棍，金得八為了保護這些小屁孩的幻想，沒有告訴他們殘酷的社會現實。

同時，他對崔世暻與眾不同的女性喜好也很好奇，於是聚精會神地聆聽。

此時，坐在窗邊的男生忽然想到了什麼，輕輕戳了一下坐在附近的同學們，然後偷偷瞥了宋理獻一眼。

「怎麼了？幹麼用手肘戳我，啊……」

宋理獻向來行事坦率，所以大家都忘了，去年年底，學校裡曾經盛傳宋理獻喜歡崔世暻。即使大伙的目光集中在他身上，宋理獻也沒有被影響，繼續大快朵頤。

「那個你是在哪裡拿的？」

「喔，這個就在布丁旁邊……我不吃，你要吃嗎？我只是拿來，還沒碰過。」

當宋理獻伸出手要空碗時，崔世暻遞出了自己的碗。

「理獻，你也試試這個，很好吃。」

兩人在推薦和接受食物的互動中，顯得他們很親密。

聽女生們說，學期初崔世暻親口否認了有關他是同性戀的謠言，而且宋理獻和崔世暻放學後都會去同一間K書中心。

從他們總是形影不離來看，兩人只是很好的朋友而已，那個謠言似乎只是誤傳。

當事人表現得若無其事，男生們便繼續催促崔世暻。

「所以，你的理想型是？不會沒有吧？」

「這個嘛，好像沒有什麼特別突出的特點……」

有人甚至在桌子上壓低上半身嚴肅地問道：「你性無能嗎？」

崔世暻用手遮住嘴隱藏笑容，內心偷笑，至今為止，他已經好幾次看著宋理獻而感到體內有股熱氣湧上。

崔世暻沒有否認，只是微笑，提問者的聲音變得更低沉、隱祕且執著。

「不是，我是說，當你在看A片的時候……沒有特別吸引你的點嗎？」

「喂，工讀生是女生，別說了。」

雖然斥責了提問的男孩，但似乎還想聽到答案，對崔世暻隱約還抱著期待。不過，崔世暻沒打算回答，故意讓他焦急。

「啊，是什麼？快說來聽聽。」

正當持續的催促讓人感到煩躁時，看到宋理獻正在剝糖果包裝，取代飯後一根菸，崔世暻的眼中閃過一抹調皮的笑意。

「確實是有一個……」

「喔喔，是什麼？」

男生們彷彿要撲向桌子一般，將上半身湊了過去。

宋理獻也抱著聽聽看的心態，抬頭注視著崔世暻，當他們的眼神相會時，崔世暻優雅地露出了笑容。

「嗯……粉紅色？」

宋理巘這時偏偏想起了崔世暻怎麼稱呼自己的乳頭，於是不小心被口水嗆到了，他遮住嘴巴，吐出糖果，一邊咳嗽一邊狠狠地瞪著裝傻的崔世暻。

「慢慢吃，你是被餓鬼附身了嗎？我不會搶你的食物。」

男生們隨意地拍了拍宋理巘的背，同時對崔世暻的大膽發言歡呼起來。

他們發現崔世暻和其他男人一樣而感到欣慰，壓根沒有注意到桌子底下宋理巘正試著用腿踢崔世暻。

「靠，崔世暻，你也太變態了吧。」

「外表看起來斯文的傢伙反而更變態。」

有人擔心其他桌的人或是工讀生會聽到，四處張望之後，才開始說起下流的話題。

一群食量驚人的男高中生聚在一起，結果就是帳單金額比大賽獎金還要高，最後崔世暻支付了差額。

「辛苦了。」

崔世暻接過卡片放進錢包，走出披薩店時，班上的同學已經分成兩群，一群想繼續玩，另一群想去唸書。

在門口等待的時候，一名想去玩的男生抓住了宋理巘的運動背包，搖晃著背袋哀求。

「宋理巘，你真的不去 KTV 嗎？反正今天已經泡湯了，去唱歌消化一下，再去踢一場吧。」

「我不去。」

「一起去啦！」

因為宋理獻把人家的話當作耳邊風，那個男生對他施以了鎖喉。宋理獻順從地配合著，但當崔世暻看見那纖細白皙的脖子被又黑又臭的腋下給夾住，一股難以言喻的不悅感逐漸湧現。

「在根啊。」崔世暻親切地喊著對宋理獻施以鎖喉的男生名字，同時有力地抓住了他的肩膀。

被抓住的肩膀很疼，但他的聲音卻甜美如緩緩融化的奶油，這讓李在根感到矛盾，不知該生氣還是該高興，他愣了一下回答：「喔喔？」

「你也想一起去唸書嗎？」

「哦，我沒有……」

邀他一起去唸書的話雖然像放入熱茶中慢慢融化的方糖那般溫柔，但那雙黑色瞳孔卻如礦物般冰冷閃亮，透露著敵意，使李在根本能地拒絕了。

「那你可以放開理獻嗎？」

「喔喔……」李在根鬆開了對宋理獻的鎖喉。

崔世暻的眼神雖然令人不悅，但他的語氣卻如此親切溫柔，讓他分不清真假，疑惑地搔了搔頭。

他知道就算跟其他同學抱怨也無濟於事，他們肯定不會相信崔世暻會那樣做，反而會覺得李在根是怪人，所以他選擇了沉默。

宋理巘不再理會李在根，反而輕輕踢了崔世暻的鞋子，他斜著頭仰望崔世暻的角度流出一股叛逆感，而那光滑的下巴線條讓他看起來更加性感誘人。

「你忙嗎？不忙的話，跟我一起去書局吧。幫我挑選題本，放棄數學之後，可以寫的題本少了一半呢。」怕自己因為貪心又亂買問題太多又困難的題本，所以才拜託崔世暻陪他去。

不過，崔世暻很清楚宋理巘的學習計劃和進度，他驚訝地問道：「我之前給你的考古題呢？」

他從歷屆考古題中，挑選了宋理巘在模擬考經常出錯的考題，數量相當可觀。

「我都寫完了。」

「這麼快？題目還挺多的耶。」

「對呀，滿多的。」

看著崔世暻一副驚訝的模樣，宋理巘用小指挖了挖耳朵，彷彿在說「這有什麼好大驚小怪的」。

金得八本來就是以毅力聞名的。

隨後，他握緊拳頭，鄭重地宣布：「如果六月的模擬考我的等級還是沒提升，那我就不配為人。」

「就這樣，有人可能不再是人了……」

在一旁聽著的另一個男生插話，他虔誠地雙手合十，像是為愚蠢的微生物祈禱的修道士一般，取笑宋理巘的成績不會進步。

那位男生說完就跑，宋理巘追過去要踢他的屁股，比賽後的聚會就在一片歡樂中落下帷幕。

⁂

對於只想買完題本就閃的人來說，書局猶如深不見底的坑。他還是金得八的時候，隨手可得的 Monami 原子筆（韓國的國民原子筆）就夠用了，但變成宋理巘後，嘗過筆尖的滋味，開始挑剔起筆感。

金得八選了幾枝手感好的筆和一本紙質柔軟的筆記本，在崔世暻瀏覽書籍時閒逛，覺得作為一個高中生，應該閱讀幾本人文書籍，於是跟著崔世暻買了幾本書。

他們走出書局，正好是晚餐時間，一起吃了晚餐後回到家附近時，天已經黑了。因為住在同一個社區，所以計程車停在可以通往他們各自家的岔路口。

下車之後，金得八突然想起什麼，說道：「對了，我要還你平板。」

既然已經把歷年所有的考古題都解完了，就應該把崔世暻借他儲存考古題檔案的平板還回去。

「明天帶去學校還你可以嗎？」

「現在給我，我跟你回家拿。」

反正都住在同社區，回家很方便。崔世暻想知道宋理巘買了什麼，便接過他手中沉重購物袋一邊的提帶，往家的反方向走去。

雖然前面是有名的熱鬧咖啡街，但通往那些獨棟住宅的巷弄裡，卻安靜乾淨到連一隻螞蟻也看不見。

兩人一人提著一邊購物袋，並排走著，聊起了接下來的學校活動等話題。

「健康檢查到底做些什麼？三年級也要做嗎？」

「健康檢查上午做，會量身高和體重……」

崔世暻回想著去年的事情時，突然抓住金得八，不明就理的金得八挑起了眉毛，跟著對方的視線把頭轉向前方。

宋理獻的家門口停了一臺救護車。

在亮著橙色街燈的巷弄裡，一輛沒有打開警笛和警示燈的救護車停在宋理獻的家門前。悄無聲息的救護車，排氣管末端滴落的黑色油漬，在柏油路上留下了污漬。

崔世暻看見救護車的門敞開著，包括宋理獻家的大門也是如此，住宅的門鎖被粗暴地撬開了。

金得八直覺事情不大對勁，扔下購物袋便跑了起來。如果宋敏書需要去醫院，瑞山大嬸肯定會立刻聯繫宋理獻。救護車不但沒有打開警笛，連車牌都被遮住，讓人不得不懷疑，這很肯定是某人的陰謀。

「你們在幹麼！」

原本安靜的救護車傳來引擎發動的聲音，車身沉甸甸地震動著，似乎隨時都準備好要出發。

「……唔！」

引擎一發動，金得八感到更加急迫，敞開的車門裡，只有坐在駕駛座上的黑衣人，沒有看到宋敏書或其他人。

一股直覺告訴他同夥可能已經闖入屋內，金得八立即衝進大門。

雖然留下來可以看清駕駛座上的黑衣人模樣，但當務之急還是先處理那些闖入屋內的傢伙。

家裡除了女人之外沒有其他人，而且不知道那些闖進大門的傢伙會做出什麼惡行，只要想到與他同住一個屋檐下，早已親如家人的她們可能遭遇不幸，金得八心急如焚。

宋理巘的家庭和周圍的人們對金得八來說，已逐漸成為重要的存在。

昏暗的庭院中央，只有那棟獨棟住宅燈火通明，像孤獨的燈塔般閃耀著，透過落地窗看去，明亮的客廳一片狼藉。

桌子被翻倒，宋敏書平時睡覺的沙發上，只剩下一條毛毯被隨意地扔著。正巧這時，弄亂客廳的那些傢伙打開玄關門走了出來。

總共有三人，其中走在最前面的男人肩上扛著失去意識的宋敏書，瑞山大嬸試圖抓住那些男人並阻止他們，但很快就被推倒在地，她扶著腰，震驚到無法站起。

金得八怒火中燒，大聲喊叫：「喂！」

身穿黑衣的男人們發現宋理巘後，便停下了腳步。

「你們是誰？在幹什麼？是誰派你們來的？」

宋理巘踩著草皮衝了過去，但這三個預謀入侵民宅的男人，不可能不知道女主人的兒子宋理獻。

他們只覺得一個高中生並不構成威脅，所以冷靜地分派了各自的任務：「先把這個女人弄上車。」

扛著宋敏書的男人點了點頭，他們沒有繞過庭院來避開宋理獻，而是直接走了過來。

當扛著宋敏書的男子大步逼近時，宋理獻快速衝上前想要抓住他的衣領，但在他觸及目標之前，被其他兩名男子擋住了去路，他們透過眼神交流，打算從兩側同時制伏宋理獻，但是……

「呃！」

站在右側的男人捂著腹部倒下了，黑暗中，他來不及看清快速的拳頭。

左側的男人看到宋理獻的舉動，驚訝到難以相信，突然發現宋理獻已近在眼前時，便急忙後退。

在屋內照明的映照下，宋理獻的側臉閃耀著光芒，男人在這緊急關頭，竟然想起了在鄉下見過的驅鬼犬[6]。

傳說中能捉鬼的驅鬼犬那黃澄澄的眼睛和銳利的眼神，與面前的眼神重疊，讓他想起差點嚇到尿失禁的可怕過去。

「什麼？呃！」

男人因害怕而退縮，但宋理獻的拳頭還是重重地擊中了他的腹部，並絆倒了他，接著猛踢他的腹部。穿著足球鞋的宋理獻，鞋尖精準地踢中了他的肚臍，令他痛得捂著肚子縮成一團。

「這傢伙……」

最先被打中胸口的男人回過神來，抓住了宋理獻的肩膀。然而，剛轉動肩膀，宋理獻的拳頭就直擊男人的鼻梁。

「呃！」

受到衝擊而後退的男人用手摀住了鼻子，血從他手中流下。宋理獻急促地喘著氣，四處尋找宋敏書。

在接近庭院盡頭的地方，打著宋敏書的男人正在奔跑，如果被帶上車，就完蛋了，宋理獻緊咬牙關，準備追趕那個男人。

「咳……」

被踹中肚子的男人爬過來，緊抓宋理獻的腳踝。

正要奔跑的宋理獻失去了平衡，跌倒在地，撐地的手腕傳來了一陣刺痛感，還來不及緩解手腕的疼痛，宋理獻又被一腳踢中肩膀，滾到了一邊。

背部被踩的衝擊讓宋理獻倒抽了一口氣，再次被踢飛並滾到一邊時，他看到了夜空中的新月，滲出汗水的額頭上黏著被撕裂的草皮，濃郁的泥土氣味刺激著他的鼻子。

「你這個乳臭未乾的小子……」

注釋⑥　驅鬼犬：韓國本土犬種，原產於慶尚北道慶山市，目前被指定為被指定為「第 368 號國家天然寶物」，頂著滿頭滿身蓬鬆的長毛，長得很像英國古老牧羊犬。驅鬼犬和珍島犬同為韓國土產犬，Sapsaree 在韓語中有「驅除厄運」的意思。

被打中鼻子的男人爬到了宋理巘的胸膛，鼻梁崩塌，下顎沾滿血跡的男人張開嘴，露出了染滿血跡的牙齒。

男人舉起了拳頭。宋理巘沒有閃躲那直落自己臉上的拳頭，而是大聲咆哮：「宋敏書！快醒醒！逃啊！」

「你這個臭小子！」

男人的拳頭狠狠打在宋理巘的臉上。

即便頭被打偏了，宋理巘仍然不停地放聲大喊：「快醒醒！」

這條巷子雖然少有閒雜人等出沒，但是每戶的保全措施都非常到位。

沒一會兒，訓練有素的看門狗就做出了反應，當一隻狗開始吠叫，附近的狗也跟著吠叫起來，像瘟疫般蔓延，狗群的騷動引起了人們的注意，開始出門探查發生了什麼，隱約傳來了他們的聲音。

「給我安靜點！」男人壓低聲音要宋理巘閉嘴，並用手捂住了他的嘴。

被壓制無法動彈的宋理巘怒視著男人，這激怒了男人，他舉起手準備掌摑宋理巘。

宋理巘沒有閃避那揮向他的手掌，目光反而更加堅定。那厚實的手掌猛烈地劃破空氣，即將被打耳光的疼痛感和犀利的掌風先撫過了他的皮膚，就在他即將被掌摑的瞬間，宋理巘瞪大了眼睛。

「呃咳——」一個黑影撲向壓住宋理巘的男人。

崔世暻抱著男人滾到一邊，在草地上與對方搏鬥，經過幾輪角力之後，崔世暻終於壓坐在男人的身上。

他氣喘吁吁地掐住對方的喉嚨，防止他反抗，隨後，從肩膀上使勁揮出拳頭，這一拳堅如磐石，與之前打宋理獻的輕拳截然不同。

「呃！」被拳頭擊中後，男人的面容扭曲，他咳出血來，身體微微抽搐。

確認崔世暻安然無恙後，宋理獻開始尋找宋敏書。在大門附近，扛著宋敏書的男人已經倒地抽搐，宋敏書就躺在他的旁邊，當宋理獻準備站起來跑向宋敏書的時候。

「快起來！抓住那個女人！」

先前被宋理獻踢中腹部倒下的男人一邊大喊一邊站了起來。似乎想趁大家倒地之際綁架宋敏書，男人避開宋理獻快速逃走，宋理獻也抓緊草皮站起來，打算追趕那名男子。

遠處傳來了閃動的警笛聲，紅藍燈光交替閃爍著。

男人想要扛起倒地的宋敏書，但失敗了，他咒罵了一聲：「幹！」

他決定放棄宋敏書，轉而扶起倒在一旁的同夥，然後一起上了救護車。

「呃！」崔世暻發出了短促的尖叫，被他壓制的男人也拚命掙扎，終於甩開了崔世暻。當最後一名男子也越過宋敏書上了救護車時，已經發動的車子立刻開走，在狹窄的巷弄中以驚人的速度逃逸。

「您沒事嗎？」

遠處傳來的警笛聲在抵達宋理獻家時才停止，汗水模糊了金得八的視線，他看到警察正在照顧倒地的宋敏書，他便以大字型躺了下來。

來的是因崔世暻報警而出動的警察。

❦ ❦ ❦

警察離開之後，崔世暻替手腕扭傷的金得八將宋敏書抱回家中。本來一直坐在玄關哭泣的瑞山大嬸，驚慌地捂著自己的心臟站了起來，開了門帶他們進入臥室。

瑞山大嬸的情緒尚未平復，開始娓娓講述和失去神志的宋敏書所經歷的事。

「哎呀，天啊、天啊……這到底是怎麼回事啊……不是，那些傢伙說夫人應該被送進精神病院，還說已經得到監護人李美京的同意，我不開門他們就破門而入……」

「我已經通知了家庭醫師，應該很快就會到，大嬸您也接受檢查吧。」

崔世暻囑咐瑞山大嬸後，讓宋敏書躺在了床上，她的臉色蒼白，令人擔心那些男人是否用了什麼奇怪的藥物。因為失去意識且身體受到撞擊，在被崔世暻抱著移動的時候，她的身體癱軟無力。

在等崔世暻家庭醫師抵達期間，瑞山大嬸暫時照顧宋敏書，崔世暻和金得八則坐在客廳稍作休息。

屋內的景象比從庭院看到的還要凌亂，男人們穿著鞋在屋內走動，沿路留下了鞋底的痕跡，為了嚇唬婦人們而摔碎的裝飾品碎片散落在牆邊。

崔世暻把倒下的桌子扶正，金得八拿著急救箱，坐在崔世暻整理好的沙發上，輕拍旁邊的座位說道：「坐。」

崔世暻因為和企圖綁架宋敏書的男人搏鬥，臉頰腫脹，嘴角也破裂了，雖然這次的傷勢比之前金得八造成的還要輕微，但終究是受傷了，所以金得八讓崔世暻坐下，並打開了急救箱。

金得八一言不發地擦著藥的時候，瑞山大嬸的抽泣聲從半開的門縫中傳來。

崔世暻靜靜地看著金得八為自己破裂的嘴角擦藥，然後開口問道：「真的可以不用跟警察報案嗎？」

「知道是誰幹的嗎？」

警察雖然出動趕到了現場，但金得八沒有報案，反而把警察打發走，現場有被撬壞的大門、昏迷倒地的女人、像是經歷過一場混戰的兩名男子，以及一輛沒有掛車牌的救護車。這顯然是一件不尋常的事件，警方建議報案，但金得八斷然拒絕，並堅持家庭問題要在家庭內部解決。

警察最後沒能了解情況就走了。然而崔世暻認為警方阻止宋敏書被綁架，那麼告訴警察懷疑的嫌疑人是理所當然的。

「李美京，負責管理這棟房子的人。」

「她為什麼要這樣做？」

崔世暻對宋理獻家中的情況略知一二，但是李美京這個名字他是第一次聽到，在調查中李美京也未被提及，她對會長或宋理獻沒有任何影響力，她的職責僅限於監督宋敏書和宋理獻，防止他們的生活被外界得知，但卻不斷越界試圖侵犯宋理獻的個人生活。

「因為我激怒了她。」

因此，會做這種事的人只有李美京。

如果是會長像現在這樣不來就不來了，也不會突然把宋敏書關進精神病院，宋理獻激

怒了李美京，所以她也不會坐以待斃，因此，她卻選擇對宋理獻採取最惡毒的手段。

金得八擦完藥後站了起來，要怎麼對付李美京他有自己的盤算，而對於讓他心存感激的崔世暻，他準備好好招待一番。

「總之，今天真的很感謝你，要不是你，可能就出大事了。你想喝什麼？」

「沒關係，不用麻煩了。反而是你，扭傷的手腕怎麼樣了？」

崔世暻還來不及阻止，金得八已經起身，可能是他本來就感到口渴，不久後廚房便傳來了微弱的水聲，崔世暻只好無奈地靠坐在沙發上。其實，第一次參與真實打鬥的崔世暻，隨著緊張感的消散，也開始感到疲憊。

靠在柔軟沙發上的崔世暻，用手掌按壓雙眼以消除疲勞，與崔世暻家族有關的家庭醫師李博士說即將到訪，不論金得八說什麼，他都打算留在這裡直到檢查結束。

儘管如此，因為門禁時間的關係，除非留校晚自習或是去K書中心，不然得在十點以前回家。崔世暻移開遮住眼睛的手準備查看時間，突然發現自己的手臂上有一縷髮絲，那是一縷棕色的波浪長髮。

當他猜到是誰的頭髮時，發現胸前還有一縷相同的頭髮。

是宋敏書的頭髮，是他從庭院把她抱到客廳時掉的。

崔世暻將那些頭髮收集在手心，眼神開始搖擺不定，先是假宋理獻，然後是宋理獻的親生父親，現在連宋理獻母親的頭髮也到手了，這讓他再次感到一股莫名的衝動。

崔世暻堅信原本的宋理獻和假宋理獻是兩個不同的人，連假宋理獻也承認了自己是另一個人。

他們在藥泉亭約定一起等待真正的宋理獻回來，以為事件會就此告一段落。

因此，當拿到三人的頭髮，卻有了想進行 DNA 檢查的衝動是矛盾的，即使做了三人的基因檢測，假宋理獻也不可能是親生的。

這一點崔世暻也很清楚，然而，事情的發展往往不是理性所能掌控。

拿到與宋理獻有關的三人頭髮之後，一股荒謬卻強烈想做 DNA 檢測的衝動引誘著崔世暻。

宋理獻住進這住宅之後，晚上還燈火通明的情景這是第一次，平時會占據客廳喝酒直至昏睡的宋敏書，如今在臥室裡打了點滴睡著了。

而瑞山大嬸即使金得八勸她去休息，她還是拿起掃把清理地上的碎玻璃，開始收拾這一片狼藉的客廳。

眼看著原本完好的裝飾品被人傾刻毀壞，瑞山大嬸不禁心痛地捶打自己的胸口，「哎喲，這太可惜了，該怎麼辦才好……」

金得八把扭傷的左手交給了接到崔世暻聯絡而趕來的醫師，然後用右手在手機上敲打鍵盤。他本來想用對晚輩使用的半語激怒李美京，但若被發現簡訊使用半語，吃虧的會是宋理獻，因此，金得八帶著憤怒，一字一字地敲打著簡訊。

請接電話，我知道這件事是妳幹的，如果妳想在通知會長之前悄悄了結此事，現在最好接電話。

如果真依著脾氣來，金得八早就想衝到李美京的家門前，揪住她的領口質問，但是他不知道李美京住在哪裡，反正見面彼此都會感到不快，所以金得八沒有去深入了解李美京的情況。

「您知道李美京住在哪裡嗎？」

瑞山大嬸搖了搖頭說道：「不知道，我也是透過別人介紹來的，薪水都是透過轉帳，平時也沒有聯絡……」

在李美京眼中，宋理巘母子無疑是下等人，這種態度在她的生活中隨處可見，她可以隨時來這個家搗亂，但宋理巘卻連她住在哪裡都不知道。

一時怒從心頭起，金得八想聯絡他在幫派時期雇用過的徵信社，找出李美京的住址，然後以牙還牙，但他最終忍住了，因為他不希望宋理巘與幫派有任何交集。

雖然氣憤，但眼下也沒有什麼能做的。

今天先讓步，明天一早找私人保全公司重新安裝保全系統才是上策，而且，接下來的一段時間，他需要待在家裡。

想到這裡，金得八跟崔世暻說：「對不起，我暫時不能去K書中心了。」

想到不能再一起去K書中心，除了感到抱歉，內心更是五味雜陳，這就是所謂的以卵擊石嗎？沒有崔世暻的幫助，獨自學習，感覺就像在茫茫大海中漂泊的浮萍。過去的金得八可能會認為，哪怕是以卵擊石，敲上千次也許就能成功，以男子漢的精神去挑戰，但在了解到崔世暻的學習技巧後，他才明白自己之前有多麼魯莽。

從金得八那緊皺如八字的眉頭，可以感受到他內心的煩躁，這讓崔世暻不自覺地聳了聳肩。

「你是擔心剛才那些男人會再來嗎？那我也在這裡唸書吧？」

「這裡嗎？」

在這個家？

在這個亂七八糟的客廳？

對聲音極其敏感的傢伙？

金得八像在確認似地將手指向客廳地板，崔世暻也跟他做了相同的動作。

這一刻，金得八不想讓喜悅的心情露餡，不得不咬緊了嘴唇。

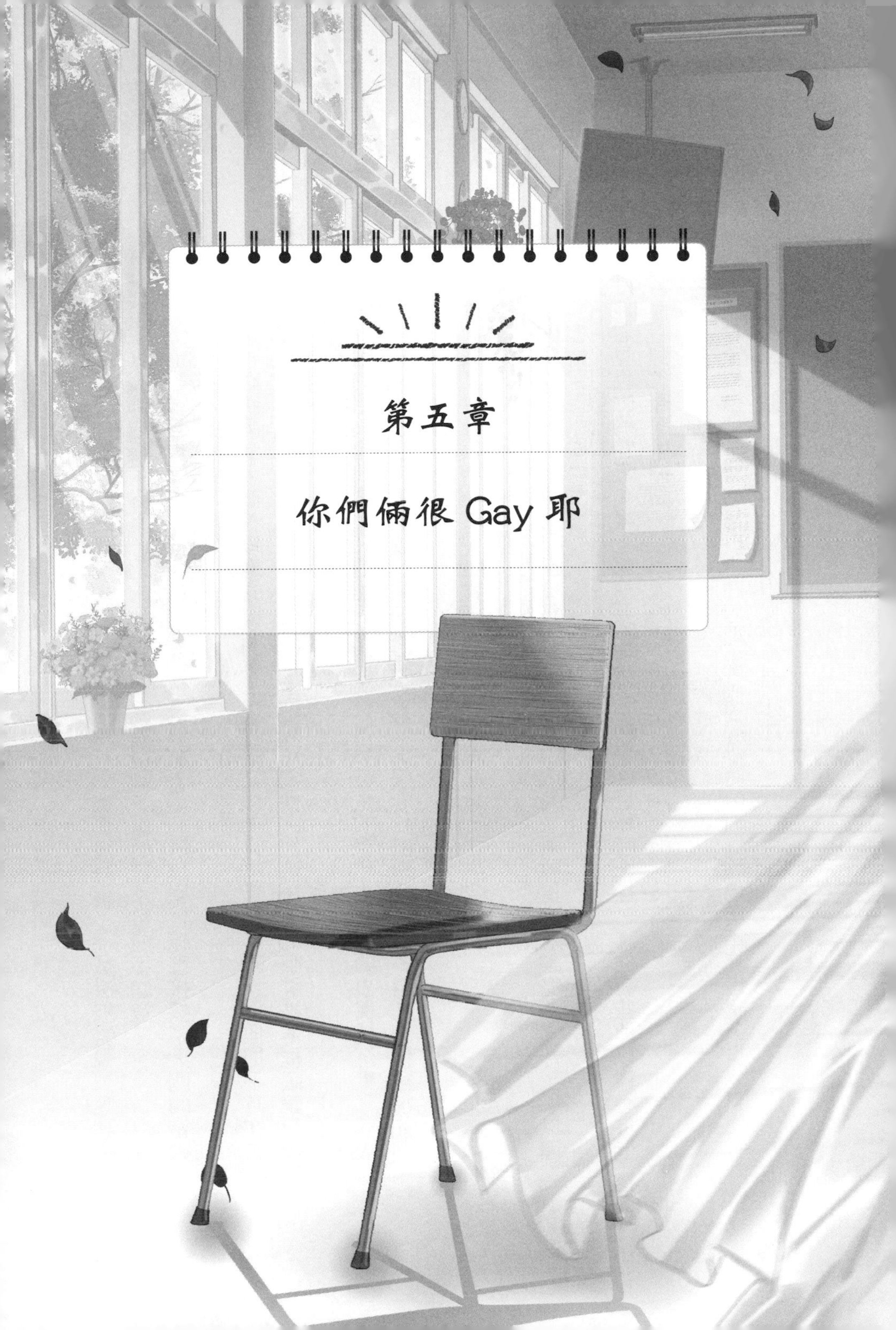

第五章

你們倆很 Gay 耶

崔世暻按了住家大門的密碼，一直到這一刻，手機都沒有響，不是沒被監視，應該是已經跟家庭醫師取得了聯繫，週末晚上呼叫家庭醫師，崔明賢不可能不知道。

既然已經被發現，想從車庫偷偷進門也沒有意義了，所以崔世暻直接按了大門的密碼進入。

坐在客廳沙發上，披着睡袍的崔明賢正在翻閱文件，為了等兒子回家，他把平時在書房做的工作搬到了客廳，使得客廳的桌子上堆滿了文件，他那冷漠的眼神被薄框眼鏡給遮住了。

崔世暻的祖父出殯之後，他們對在崔明賢書房發生的事和去江陵的事保持沉默，兩人都沒有提起，也沒有追究錯誤或責任，雖然表面上沒有什麼變化，但不信任和懷疑卻如同點燃的火苗般不斷擴大。

崔世暻表現得若無其事，輕聲打了聲招呼後走進來，「我回來了。」

「嗯，回來了啊。」

崔明賢原本只想確認兒子回家後就進臥室，他因為忙著收拾剛才讀完的文件，所以遲了一會兒才抬起頭來。

他看見世暻的穿著和早上聲稱要在學校和同學踢足球時一樣，讓他有些掉以輕心，但是當他看到世暻嘴唇撕裂、臉頰腫脹時，他氣到把文件全扔到玻璃桌上。

「崔世暻，你的臉怎麼又……」

崔世暻輕撫擦了藥的傷口，在宋理獻家照鏡子時，他以為傷勢不算嚴重，自認這次打鬥表現得還不錯，但在崔明賢眼中似乎並非如此。

在宋理巘家門前發現救護車時，宋理巘丟下手中的購物袋衝了出去，崔世暻也立刻追上，他們想將救護車的司機拉出來，但是那個男人抽出一把刀鋒閃亮的折疊刀。

在黑暗中，與鋒利無比的折疊刀對峙時，讓人不禁冒出一身冷汗。

那個男人示意如果不挑釁他，便不會攻擊崔世暻時，他沒有莽撞地衝上去，但擔心那個持刀的男人突然改變想法攻擊，因此不敢放鬆警戒地緩緩後退，直到與對方拉開了一定距離後，才跑向庭院。

一個男人將宋敏書扛在一側肩膀上，正在走下庭院的大理石階梯，崔世暻衝上前去，想要抱住他的腰讓他往後摔，但是這個體格健壯的男人即使肩上扛著宋敏書，也很難將其推倒，他反而試圖抓住崔世暻的腰將他甩開。

如果沒有看到宋理巘被打的場面，崔世暻可能會被他甩開，他至今仍不清楚那股力量從何而來。當宋理巘在昏暗的庭院中大聲喊叫，扛著宋敏書的男人也轉頭望向那裡。

「宋敏書！快醒醒！逃跑！宋敏書！」

看著一個男人坐在宋理巘的身上施暴，崔世暻怒火中燒，他絆倒那個男人，奪回宋敏書，接著猛踢那人，踢中胸膛後，又狠踢其下體，那個體型巨大如熊的男人開始口吐白沫，全身抽搐。

崔世暻衝上前，把對宋理巘動手的男人拉開，然後對他猛揮拳頭，在黑暗中對宋理巘動粗的男人，遭到了他如同撕裂獵物一般地猛攻，他對那一刻全力揮拳的記憶是模糊的。

失去理智的他，心中怒火沸騰難以言喻。

崔世暻並未詳細說明那過程和感受，反正崔明賢會派人打探清楚，多說只是自找苦吃和浪費時間。

當崔世暻默不作聲，只是微笑時，焦急的反而是崔明賢，他用嚴肅的語氣下達了命令：「不要和宋理巘混在一起。」

從崔明賢的角度來看，原本乖順聽話的兒子自從與宋理巘變熟後，就開始頻繁打架並走上歧途，成為宋理巘的同班同學之後，開始參加之前從未參加的晚自習，忘記門禁時間，甚至夜裡偷偷出門，臉上帶著傷痕回家。

想到宋理巘曾去太平間確認一名黑幫成員的死亡，就難以將那孩子的行為與好的方面聯結起來。本來就有暴力傾向的兒子，如果和涉入黑幫的宋理巘有所牽扯，可能會從鬥毆升級到重大犯罪。

「爸。」

然而，崔世暻對於父親的擔憂，只是嘲諷般地輕輕一笑，他的父親完全誤解了情況，崔世暻雖然忍耐了壓制和監控，但並非束手無策，他是不想讓父親失望才沉默的，但崔明賢卻錯把崔世暻的沉默當作自己的勝利，其實只要有機會，他完全有能力摧毀監視網。

「……我已經告訴過您，不要去惹他，您只要能做到這一點，我會按照父親您的期望生活。」

面對平時乖巧兒子的叛逆，崔明賢的額頭上青筋畢露。

「……你這種無禮的態度是從哪裡學來的！」

但這次崔明賢大發雷霆時，崔世暻卻以一種冷漠的眼神回應，一旦牽扯到宋理巘，崔世暻的態度就有所不同，況且，他已不再是需要父母批准交友對象的年紀了。

「我先上樓了。」

雖然崔明賢沒有同意，但崔世暻還是走上了樓梯。

「啊。」在樓梯中段，崔世暻發出了一聲驚呼，然後向下俯視崔明賢，「您能打電話到學校，請他們不要因為我臉上的傷就找我麻煩嗎？」

無可挑剔的崔世暻只要稍有失誤，就會被某些老師緊盯著不斷為難他，以往他或許會忍耐，但這次的傷害與宋理巘有關，提及只會造成困擾。

崔明賢壓抑著怒氣，叫了兒子全名：「崔世暻，你下來，我們聊一聊。」

「只要不牽涉到宋理巘，我會遵從父親您的意願，我拜託您了。」崔世暻抱持著懷疑態度，在這種監視與被監視的關係中，對話有何用處？他不想浪費時間，覺得只要像往常一樣扮演乖巧兒子的角色即可。

「那麼，晚安。」雖然對崔明賢做出了禮貌的問候，但崔世暻並未流露出任何感情。

崔世暻一進房就鎖了門，接著打開書桌的抽屜，他從整齊的抽屜中，拿出疊放的筆記本，裡面夾了從崔明賢的書房取來的宋理巘照片和一個透明的塑膠袋，分別裝著不同的頭髮。短棕色頭髮是假宋理巘的，而長如手指的白髮則是在喪禮上遇見的宋理巘親生父親留下的。

當崔世暻逼問原來宋理巘的下落，對假宋理巘施壓，要求他交出頭髮時，他沒想到會發生這種事，因為沒有原來宋理巘的 DNA 資料就無法進行比對，所以他曾取出那天下雨時借給宋理巘的外套，但外套經過洗滌後，除了乾燥的纖維味外，並沒有發現任何頭髮。

他之所以沒有丟掉這些看似無用的頭髮，是因為它們或許能提供一些線索，當時的崔世暻痴迷於尋找宋理獻，渴望了解宋理獻的所有事情，哪怕是假宋理獻的頭髮，也足以暫時平息他的渴求。

注視著短棕色頭髮的崔世暻，從褲袋中拿出了一張精心摺疊的面紙，裡面是宋敏書的棕色波浪長髮，他隨後將這根長髮也一起放進了透明的塑膠袋裡。

假宋理獻和宋理獻親生父母的頭髮都收集到了。

崔世暻觀察這些具有不同特徵的頭髮，他的目光變得深沉。試著列舉要做 DNA 檢測的理由。

……沒有理由，純粹是一種衝動。

因為收集到三個關係密切的人的頭髮，所以才會想要進行檢測，學期初期懷疑假宋理獻的時候，那股想要做基因檢測的強烈願望依然存在。

相反地，崔世暻也列舉了不該做基因檢測的理由。

第一點，崔世暻不知道該如何做基因檢測。不過，這個問題只要有錢和時間，便能輕鬆解決。

第二點，有崔明賢的監視網。但是，這監視網不再像以前那樣讓人恐懼，即使崔明賢將崔世暻視為怪人，對他也已經無關緊要了。

第三點，假宋理獻會不高興。在未徵得同意的情況下搜集頭髮並私下調查，足以讓人討厭。當崔世暻回想起那注視著自己的蔑視眼神時，感到指尖一陣冰冷，所有的動力和好奇心都瞬間消失了。

他用手摀住了臉，然後輕撫了變得粗糙的臉。

——反正，原來的宋理巘和假宋理巘是不同人，做基因檢測只會徒勞無功，翻舊帳無益，可能只會讓假宋理巘更加厭惡我……我不想因為沒意義的事，被假宋理巘討厭。

崔世暻沉默了好一會兒，終於把裝著頭髮的塑膠袋放回原處，然後關上了抽屜。

隔天，金得八直到中午都沒去上學，他坐在清除破碎裝飾品而顯得空蕩的客廳中，緊握著手機鬥爭中，他一直打給對方，但對方都沒接，可能是被奪命連環 Call 弄煩了，直接關掉了手機。

金得八將手機從耳邊移開，傳出因關機而轉接到語音信箱的提示音，他似乎把手機當作李美京怒瞪著，並說道：「妳以為逃避，我就抓不到妳嗎……」

儘管滿懷著要將對方連骨頭帶肉一起吞噬的凶猛氣勢，但遺憾的是，李美京一旦選擇逃避，處於劣勢的反而是金得八。

宋理巘母子是在不公開其身分的條件下接受金援，因此受到許多限制，而李美京的角色就是監督並確保這些限制得以維持。

此刻也不例外。

想要聯繫會長，只能透過李美京，這使得金得八無法向會長揭露李美京的行徑，更別說解雇她了。

只能被李美京欺負而無法反抗，金得八氣得緊握手機，幾乎要把它捏碎了。

「這些混蛋竟然隨心所欲地擺布人……」

四十七歲的黑幫大哥金得八，已經了解到宋理獻所處的情況有多麼不公平和不合理，他也知道如何解決這個問題。宋理獻無需隱瞞自己是私生子的事實，可以提起親子鑑定訴訟，向會長要求合理的撫養費，還可以追究對宋敏書進行綁架和誘導的法律責任，他有認識的律師，如果打官司，勝算很大。

但同時，他也清楚知道法庭之戰將會多麼的漫長和煎熬，而且，徘徊在法院周圍的記者們會把這件事放到媒體上成為焦點。

一個知名企業的會長的情婦和私生子，這本身就足夠成為刺激性的頭條新聞，如果曝光會長的情婦是一名曾短暫走紅的女演員，那麼不只社會版，連娛樂版也會爭相報導，各種吸睛的新聞標題會如雨後春筍般湧出，每次出庭都將面臨記者鎂光燈的密集轟炸。

這樣的話，不知道是否能正常上學。

——老實說，與其在法庭上耗時鬥爭，我寧願多寫一本大學入學考試題本，以提高我的模擬考等級。

金得八希望能平凡地生活，夢想著上大學，也同樣希望原本的宋理獻回來後能享受平凡的幸福生活。

❧ ❧ ❧

金得八聽從崔世暻的建議，去了整形外科接受手腕治療，拿到診斷書後才去學校，早上已經聯繫過鄭恩彩，以去醫院的理由得到了遲到的允許。

金得八因為不放心只留女人們在家，於是指示司機在家待命，自己搭計程車上學，或許因為不是學生們熙熙攘攘上學的早晨，上坡路顯得格外冷清，從喧囂到寧靜，他感覺自己像是脫離了人群，不安地握緊了背包帶。

「不會拿不到全勤獎吧……」

這也要上過學才會知道，對金得八來說，小學的記憶已經模糊不清，他擔心因為遲到半天拿不到全勤獎，於是他決定先上樓去找班導，這時從窗戶下方看見一頭褪色黃色頭髮經過。

洪在民揹著一個空背包，看來是剛到學校，金得八試著忽視跟他差不多時間到校，正前往焚燒場的洪在民的背影，但沒爬幾個階梯就停了下來。

「哎呀……」

洪在民這傢伙，一點也不討人喜歡，但他那徬徨的樣子，卻讓人想起當年在黑幫時期收留的那些不懂事的手下。

金得八最終沒能忍住對那些手下的思念，走下了樓梯。

洪在民果然在那個封閉的焚燒場裡，不知道是不是之前被掃把狠打的效果，當宋理獻出現時，洪在民本能地把手中的東西藏到了背後。

僅因宋理獻的出現就感到害怕，這讓他非常丟臉，於是生氣地抱怨：「宋理獻，你真的讓人很不爽。」

「你以為我見到你很高興嗎？」金得八裝作沒看見洪在民藏起來的菸盒，扔了一顆糖果給他。

金得八靠著牆坐在泥土地上，旁邊含著糖果臉頰鼓起的洪在民也坐了下來。

「來學校了就應該去教室，幹麼窩在這種臭氣沖天的地方。」

由於拆遷計劃的延遲，焚燒場日漸荒廢，散發著惡臭，在混過黑幫的金得八看來，那些徬徨的傢伙經常聚在偏僻地帶，形成群體後一起做出莽撞的事。

他總是好言相勸，即便不考慮這些，也應該要在陽光之下成長，他常說：「不要常去偏僻之地，多待在明亮的地方，路也一樣，走明亮的大路，不要抽菸，也不要喝酒。年輕人要懂得珍惜自己的身體。」

「你又不是老頭，每次裝老成的樣子，真的很討人厭。」雖然話說得有點刺耳，但洪在民嘻嘻笑著的模樣，似乎不討厭被關心。

金得八看他那副樣子，也跟著笑了起來，不過，洪在民的笑意很快就消失了。一個身材高大的男生從遠處走來，很引人注目，遠看的時候覺得他比例真是完美，一走近才發現是張熟悉的臉。

洪在民因為未能一眼認出崔世暻而感到惱怒，並將這份怒氣發洩在宋理巘的身上。

「崔世暻那傢伙為什麼會來這裡？難道是你叫的嗎？」

「好像是。」

「幹！你不知道我有多討厭那個傢伙嗎……」

對在民的抱怨無動於衷的金得八，對崔世暻揮了揮手叫他過來。

因為昨夜的事件，還有想再次請崔世暻家的家庭醫師過來，金得八與崔世暻正在透過簡訊聯繫。

即使沒有特別目的，自從去了江陵之後，與崔世暻的聯繫頻率也增加了。

崔世暻要宋理巘到學校就聯絡他，所以跟他提到了自己在焚燒場，但沒想到他會來，更沒想到的是他竟會坐在泥土地上。

金得八看著坐在他旁邊的高冷傢伙，短暫地猶豫著是否要讓他站起來，然後在地上鋪個手帕。

崔世暻本人似乎毫不在意，他屈膝坐著，指著宋理巘綁著繃帶的左臂，雖然昨天崔世暻家的家庭醫師已經看過了，但也許去醫院拍X光，做了更精密的檢查會有不同的診斷結果，於是問道：「醫生怎麼說？」

「和昨天李醫師診斷的一樣，只是輕微扭傷，你不是在上課嗎？怎麼過來了？」

「下課時間。」

說話的崔世暻嘴角有一大塊明顯的結痂，通常打架後的第二天腫脹會使傷口看起來更疼，加上崔世暻敏感的性格和俊美的外貌，讓人更加感到惋惜。

「我看一下你的臉。」

金得八抓住崔世暻的下巴輕輕轉動，他因此發出了呻吟聲：「啊……輕一點。」

昨天雖然有按照所學出拳，但是因為不懂打架的技巧，被對方打到臉頰腫了起來，當被觸碰時，崔世暻感覺溫度上升，熱得發燙。

「回家之後沒被罵嗎？」

「和之前被打的傷勢相比，這次算小兒科，只被唸了幾句。」

金得八臉上顯露出一絲尷尬，崔世暻像一隻得意的貓，將臉頰貼在他的手背上。

正當金得八思考著，是不是該正式教崔世暻如何避免被打時，突然聽到了嘔吐的聲音。一直在旁邊觀察他們的洪在民伸出舌頭，做出了嘔吐的動作，然後說：「你們倆很Gay耶……」

崔世暻將上半身靠在自己的膝蓋上，笑咪咪地打了招呼：「喔，在民啊，你好，好久不見了。」

洪在民斜眼看著崔世暻，然後朝地上吐了口口水。然而，崔世暻像個傻瓜般，即使被忽略，還是裝作擔心著洪在民，「班導老師很擔心你，說你可能會因為缺課太多而無法畢業，你最好去問一下。」

經歷過社會對無學歷者的待遇和冷漠的金得八，驚訝地急忙詢問：「什麼？達不到畢業的出席天數？畢業還有這種條件啊？」

崔世暻耐心地解釋了未達畢業天數的含義，金得八發出哎喲一聲訝異地說：「只是來學校點個名，這你都做不到……你呀，高中總得畢業吧！國中畢業是能幹啥？」

臉紅得像火燒一樣的洪在民，瞪著坐在宋理獻旁邊的崔世暻。

那傢伙，肯定是故意在宋理獻面前提起出席天數，想給他丟臉。不同於以往那種無害的笑臉，崔世暻這次只有一邊的嘴角微微上揚，露出了明顯的嘲笑，這就是證據。

在宋理獻的面前，他笑得天真無邪，但在宋理獻看不到的地方，卻表現得如此卑鄙。

「……狐狸般的傢伙！」

洪在民一時衝動，起身打算撲向崔世暻，而本就對崔世暻懷有許多感激之情的金得八則試圖阻止：「喂！你這是要幹麼？」

他在情急之下抓住了洪在民的褲管，並拉扯了一下。

「哦、哦……」失去平衡的洪在民，倒在宋理獻的身上。

金得八被突如其來的攻擊搞得措手不及，試圖掙扎卻只是妨礙了洪在民找回平衡，他們的身體碰撞後，四肢糾纏，彼此掙扎。

「幹，很痛耶！」

「你這傢伙，給我滾開啦！」

隨著他們的掙扎愈發激烈，洪在民的腿在宋理獻的大腿間越來越深入，不久，洪在民的大腿幾乎要觸及宋理獻的下體，但兩人似乎因為纏鬥而未察覺。

喜歡看別人失去冷靜的人也許會感到快樂，但看到這場景，總是面帶笑容的崔世暻，臉色卻變得陰沉，嘴角僵硬。

教室講臺桌上有一個抽籤盒，裡面裝著寫著桌次編號的紙條。鄭恩彩一邊搖晃著盒子以確保紙條充分混合，一邊提醒著學生們，她說：「這次更換的座位將會一直固定到暑期輔導結束為止，所以想換座位的人，就趁現在換！」

她負責的班級都會抽籤更換座位，並允許學生們自由交換抽到的座位。學生們依序上臺抽籤，然後前往他們新的座位，金得八走向他抽到的第四大排倒數第二個座位，然後看了一下崔世暻坐在哪裡。

崔世暻在第一大排的中間座位放下了他的背包。

座位的距離有點遠。

期中考的時候，金得八因為誤解了考試範圍而大受打擊，他患上了只要不再次確認學習範圍就會感到不安的強迫症，而崔世暻是確認考試範圍的最佳人選。下課時間還得問一些自己不懂的問題，他又懶得走那麼遠的距離，於是金得八整理好自己的背包，走過去對崔世暻的新同桌遞出了自己抽到的紙條，然後說：「李在根，跟我換座位。」

「嗯，好。」

現在是六月，一直到暑假結束為止，座位會固定幾個月，這樣一來，李在根就能坐在崔世暻的旁邊享受好處，金得八沒想到李在根會這麼輕易地同意交換座位。

「你對他做了什麼？」

「沒做什麼。」

金得八覺得可疑，但沒有具體證據，他雖然沒有完全消除疑慮，但還是在崔世暻旁邊的座位上迅速地放下了背包。

* * *

三年前，在一個冬寒未褪的春季首日，宋理巘就讀的高中在一個冷得能呼出白氣的禮堂裡舉行了入學典禮。

學生們緊裹著大衣和羽絨服，雖然彼此還很陌生，但對於暖氣在入學典禮當天故障，大家一致認為是學校為了節省暖氣費的伎倆。

那些在寒風中跺著腳，希望入學典禮快點開始的新生中，可以看見洪在民張開雙腿坐著，身體因寒冷而不停地顫抖，以他為中心，周圍空出了一個甜甜圈形狀的空位。

洪在民的傳聞從入學典禮那天起就開始散播，有人說他是因為職業學校不收他，不得已才選擇了文理高中，聽說他曾經是風靡一時的團體成員，甚至還有人說他和首爾某個黑幫組織有關聯，高中畢業後就能加入該組織……

雖然這些都是沒有根據的謠言，但天真的新生們在第一天看見染了一頭黃色頭髮現身的洪在民，就害怕他真的和黑幫有關，於是開始避開他的視線。

事實是，他前一晚穿著運動背心蹲在廁所，把一大堆漂白藥水塗在頭髮上，看著社群平臺上的搞笑影片，自己完成了漂髮。

隨著入學典禮的時間越來越近，老師們紛紛步入禮堂，一些學生則被叫到了講臺前，這是為了讓那些因成績優秀而入學即將獲得獎學金的學生，以及將進行新生宣誓的學生進行排練，但在洪在民眼中，這只是一群長滿青春痘、戴著眼鏡的學生聚會而已。

「一群只知道讀書的小矮人聚在一起得意洋洋。」

洪在民的這番觀點在一名身材高大、皮膚滑嫩如塗了粉底的男學生出現時給打破了。

冒著寒風走進來的男學生氣喘吁吁，顯然是跑來的，他在為遲到道歉的同時，努力想要整理因奔跑而凌亂的頭髮。然而，當頭髮越弄越亂時，一位看不下去的女學生忍不住笑出聲，讓他彎腰幫他把頭髮整理好。

該說只有那邊的空氣變得不同了嗎？那裡有一股如暖氣般的暖流吹拂，吸引了許多新生的目光。

遲到的男學生正從老師那裡接過新生的宣誓詞，他來得最晚，卻成為了老師和學生圍繞的焦點，他還理所當然地微笑著，這讓洪在民非常不爽。

「長得像小白臉的傢伙，真是讓人討厭。」

這是洪在民對崔世暻的第一印象，一直都被當成問題兒童的洪在民，對於是模範生又受眾人喜愛的崔世暻，從一開始就產生了自卑感。

「那個傢伙，一定是含著金湯匙出生的，遇到好父母，從來沒吃過苦，腦海中只有美好的花園，以為世界很美好。」

洪在民一點也不了解崔世暻，就對他妄下判斷。

等著等著覺得無聊，正考慮要溜之大吉的洪在民，發現他旁邊的座位有人坐了下來。由於其他座位已滿，這位不得不坐在那裡的少年，似乎很害怕和洪在民對視，身體不自覺地縮成一團。

不知道是缺錢還是缺人照顧，少年穿著一件對他來說過小的羽絨服，他似乎對穿著太小的衣服感到羞恥，不停地拉扯那露出手腕的袖子，使得身體縮成一團。在洪在民直接的凝視下，少年似乎渴望自己能夠消失得無影無蹤。

當洪在民將視線轉向講臺時，感到安心的少年似乎鬆了一口氣，顯得自在許多。他羽絨服衣領下露出的脖子看起來好像很冷，少年對著他那冰冷而泛紅的手指呵了呵氣，希望能夠取暖。

細軟的棕色頭髮輕輕垂落，遮住了大半個臉龐，所以看不大清楚，但是鼻梁到嘴唇間細緻的五官已足夠吸引人。微動的雙唇呈現出草食動物般的粉紅色，顯得格外小巧。

洪在民不知不覺中，又開始凝視著那個少年宋理獻。

面對洪在民如此明目張膽的凝視，宋理獻終於忍不住試圖迎上洪在民的目光，但他那憂鬱眼眸從分散的髮間露出，遇到他人的目光時，他嚇得趕緊低下了頭。

「咦？這人真有趣？」面對這樣的敏感反應，洪在民彷彿發現了有趣的事情，重新調整了坐姿。

連手指頭都沒碰到，自己迎上他人的目光後，自己被嚇到，那害怕到顫抖的狼狽模樣，令人聯想到小動物，好像只要輕輕一碰就會驚慌跳起的反應讓人期待，即使同為男性，也覺得那個模樣很可愛。

洪在民想再次看到這種反應，於是用腳輕輕踢了宋理獻一下，而這就是霸凌的開端。

入學典禮那天，洪在民發現了宋理獻，並對他的反應產生了興趣，接下來的兩年，他持續不斷地欺負宋理獻，當得知宋理獻喜歡崔世暻後，更以此作為把柄威脅他，但他的怒氣仍然未消，暴露了宋理獻的同性戀傾向。

洪在民之所以持續不斷地欺負宋理獻，是因為在入學典禮那天對宋理獻一見鍾情。

❧ ❧ ❧

到了放學時間，六月的灼熱陽光不再那麼刺眼。

三年級的教務處裡，因為結束一天工作的老師和進出的學生而變得吵雜，然而，引起最大騷動的是學年主任用三十公分的長尺敲打著桌子，當老師們發現洪在民站在學年主任面前時，他們就不再關心，似乎早已習以為常。

學年主任抓住了罕見地沒有逃課而留在教室的洪在民，開始追問他：「洪在民！你到底什麼時候要去染頭髮啊！」

洪在民不耐煩地回答：「啊，我很快就會去染了。」

從學期開始，學年主任用盡各種方式，包括訓誡、勸說、懇求、施壓……甚至動用扣分和罰寫，不要求他染回黑色，只要是正經的顏色就可以了，但洪在民仍然保持著亮黃色的漂髮。

學年主任因為洪在民出現壓力性脫髮，頭髮大把大把地掉，然而洪在民漂了髮，頭髮依舊濃密。

看到洪在民那茂密的髮根，學年主任忍不住怒吼起來：「你寫的反省文，顏色比你的頭髮還要黑，臭小子！」

「反省文就是要黑才叫反省文啊。」洪在民吞下了已到嘴邊的牢騷，早知道會這樣，他最後一節就翹課了。宋理巘擔心自己可能連高中畢業證書都拿不到，那份擔憂讓他無法忘懷，結果現在卻被學年主任抓住聽他嘮叨。

把碎念當耳邊風的洪在民，當學年主任重擊桌面時，他偷偷瞥了一眼。

「給我去輔導室罰寫反省文！」

學年主任嘮叨的終極手段總是罰寫反省文，洪在民拿起學年主任準備的罰寫專用稿紙，敷衍地回答：「好、好……」

「給我寫兩張！」

洪在民只想著寫完反省文趕快擺脫嘮叨，他堅決不將頭髮染成深色，這讓學年主任感到憤怒，於是加重了懲罰。然而，瞇著眼的洪在民不但沒有一絲反省，反而非常不滿，使學年主任感到頭痛。

「哎喲、哎喲！兩張……」

洪在民對於罰寫增加到兩張表示不滿，進入了教務處附設的輔導室。對於反省文已經習以為常，不需要再費心思考要寫什麼，洪在民從褲袋裡拿出罰寫專用筆，開始寫下了模範反省文。

就讀高中的三年間，洪在民唯一背下來的就是反省文範本。他坐下後抖著腿，機械性地抄寫著什麼，把整張紙填滿，但他完全不知道自己在寫些什麼。

當他在紙上清除原子筆的墨渣時，輔導室的門被打開，一聽到動靜，洪在民輕輕地挑了挑眉。

圖書館老師就算了，但當討人厭的崔世暻也跟著進來時，洪在民像是露出獠牙的野獸般皺起了鼻子。

然而，只有柔弱的圖書館老師對洪在民感到害怕，崔世暻卻像個不會察言觀色的傢伙般露出了燦爛的笑容。

「在民，你繼續寫，我們拿了東西就走。」

圖書館老師指著輔導室牆邊堆放的新書快遞箱，原本應該送往圖書館的新書送到了教務處，簽收的老師暫時把快遞箱放在輔導室裡，由於圖書館老師手腕纖細無法搬運，所以她叫了崔世暻來幫忙。

然而，當圖書館老師帶著崔世暻來到輔導室，一看到送來的新書快遞箱，她發現量多到很難一個人搬。

快遞箱裡面全都是書，所以非常重，圖書館老師審視著堆疊起來的兩個巨大快遞箱說道：「要世暻你一個人搬，太過勉強了。」

圖書館老師想再找一名男學生來幫忙搬，她從輔導室的門口向教務處內望去，但沒有找到合適的人選，學生們不是忙於其他事情，就是正在與老師談話，這讓她難以開口打擾他們。

輔導室裡倒是有一名男學生……

圖書館老師偷偷地觀察了輔導室內的情況，這裡確實有一名強壯的男學生可以派去幫忙搬書跑腿。

「……」但是，洪在民裝作沒看見，繼續低頭寫他的反省文。

他才不想自告奮勇去幫助那個討人厭的崔世暻，洪在民低著頭，握著筆用力地寫著反省文。

洪在民用全身展現強硬的拒絕姿態，使圖書館老師連提出請求的勇氣都沒有。她打算去拿手推車，於是請崔世暻暫時在輔導室等一下，「等我一下，我去拿手推車。」

「沒關係，去一樓拿手推車太麻煩了，我來搬吧。放在櫃檯裡面就可以了嗎？」

去年曾擔任圖書部部長的崔世暻對圖書室的情況瞭如指掌，崔世暻想自行解決問題，以免給她添麻煩時，圖書館老師卻制止了他。

「世暻啊，這些你一個人怎麼搬得動。」

和擔心的圖書館老師形成對比，洪在民為了掩飾他的笑容，把頭壓低。他心想，就讓那個討人厭的崔世暻辛苦地流汗吧！

洪在民心裡偷笑，感到非常舒暢，但是，一聽到崔世暻的話，他立刻抬起頭來。

「找理獻幫忙就可以了。」

自從他們成為同桌之後，兩人總是形影不離，如果又看到他們和諧地一起搬運東西，簡直會讓人氣到胃痙攣，單純的洪在民毫不猶豫地站了起來。

「老師，我來幫忙。」

「天啊，在民啊。真的可以麼？」

單純又無知的洪在民，壓根沒察覺到最後是自己主動站出來說要幫忙，反而忙著惡狠狠地瞪著那個討人厭的崔世暻。

一名剛從圖書館走出來的高一女生，因為眼前的箱子阻擋了視線，不得不向上看，她看到兩個高個子的高三學長，手裡抱著大箱子而無法開門，於是便幫他們扶住了門。

「謝謝。」

進入圖書室的崔世暻對女生露出了笑眼，使她臉紅了起來。洪在民在崔世暻的背後做出了嘔吐的動作，也跟著進入了圖書館。

圖書館以入口處寬敞的櫃檯為中心，左側有閱讀桌，右側則擺放著書架。崔世暻繞過櫃臺走到裡面，放下了手中的箱子，洪在民也把放在櫃臺上的箱子放到了地上。

把歸還的書放回書架的圖書部學生一見到崔世暻，便急忙跑了過來。

「咦，學長，您怎麼來了啊？那個箱子是我們的嗎？」

「嗯，聽說是新書。」

找到裁紙刀的崔世暻打開了箱子，拿出了新書，正在整理書架的圖書部學生們立刻集合，為書籍貼上了提前準備的標籤和條碼。

此時，洪在民環顧了這個陌生的圖書館，因為他上學時總是趴在桌子上睡覺，來圖書館的次數屈指可數。

「真的好久沒來這裡了。」

洪在民本來打算搬完箱子就走人的，但是當崔世暻把新書放到櫃檯時叫了他：「在民啊，這個能再幫忙嗎？」

「我為什麼要幫你？」

洪在民瞥了一眼那些新書，其中夾雜著文學全集系列。

崔世暻似乎有些為難地嘀咕著：「那我該叫理巚過來嗎？」

「喂，你剛才也是故意說要叫宋理巚來的吧。」

從輔導室走出來，教務處裡充斥著急於和崔世暻親近的人，他不去求助於這些人，反而要叫宋理巚來幫忙，顯然別有用心。現在圖書部的學生們也都在，又說要叫宋理巚來幫忙實在是說不過去。

被洪在民愣愣地看著的崔世暻，露出天使般的笑容，用只有洪在民能聽見的聲音說道：「你還不算太笨嘛。」

崔世暻說的話和他那天使般的笑容不符，洪在民懷疑自己是否聽錯了，反問：「你說什麼？」

崔世暻從櫃檯裡走出來，把一整套書交給了洪在民。

被十幾本堆得如高塔般的沉重書籍弄得步履蹣跚的洪在民，片刻回過神才追上他的腳步，崔世暻繼續收拾剩下的新書，往新書專用書架走去。

「喂，你剛才說了什麼？你瘋了嗎？」

「這裡是圖書館，如果不想被趕出去，就小聲點。」

「……你這傢伙！」

圖書館內突然傳來了不該出現的大聲響，櫃檯內的圖書部成員紛紛站了起來，他們對不良少年洪在民的戒備與敵意，讓他緊咬嘴唇。

洪在民知道在這裡大吵大鬧的後果就是自己被趕出去，所以他展現耐心，小聲地跟崔世暻抱怨：「你瘋了嗎？腦袋中彈了嗎？」

即使洪在民用肩膀撞擊，崔世暻也不理會，繼續按照類型將新書分類放入書架，將同類型的書按作者名字順序排列好後，崔世暻輕聲叫了他：「在民啊。」

「幹，別叫我的名字。」

「我真的很好奇，你生活都不動腦的嗎？」平淡無奇的語氣比明目張膽的侮辱更加令人不悅。

憤怒的洪在民想要抓住崔世暻的衣領，但他手上正拿著一套書籍，那些全新的書籍沉重地壓在了洪在民的手上。

「我不懂。」

正在整理書籍的崔世暻和洪在民對視了一眼，他的眉頭緊皺，似乎真的無法理解。

「你對理巚不覺得抱歉嗎？」

「……什麼？」

「你以前那樣欺負理巚，當變得不一樣的理巚稍微對你好一點，你就迫不及待地跑過去，笑得合不攏嘴，你不覺得抱歉嗎？」崔世暻背對著櫃檯，就位置來說只有洪在民能看見他的臉，崔世暻毫不掩飾對洪在民的鄙視。

平時，崔世暻即使當面被罵傻瓜，或是有人貪圖他的東西而接近他時，總是笑著順他們的意。

洪在民本以為崔世暻頂多會耍些小聰明，看到他如此積極反擊，嚇得全身僵硬。

「你不記得你欺負過他嗎？你怎麼能夠直視理巚的臉？你沒有羞恥心或良心嗎？」崔世暻用冰冷銳利的眼神嚴厲地斥責了洪在民，冷聲道：「如果你對理巚有一點點歉意，就應該要消失。」

「……你誰啊，憑什麼要人消失什麼的。」一直忍耐著的洪在民終於忍不住反擊了。

崔世暻的話是對的，洪在民也深有同感，每當在教室看到個性改變的宋理巚挺直腰桿的背影，總會想起在焚燒場踢他的那個瘦弱背脊。

和轉變後的宋理巘在一起時，身為校園暴力的加害者，他總是提心吊膽，自己這樣若無其事的態度是否恰當

但在洪在民看來，崔世暻也沒有資格去指責別人。

「你以為自己有多了不起？宋理巘被欺負的時候，你也只是冷眼旁觀！」

洪在民試圖將崔世暻拉到跟自己一樣的層次，逃避、責怪他人、否認、發怒……他希望看到崔世暻那高傲的臉孔扭曲，但崔世暻卻平靜地承認了自己的錯誤：「對，我也只是冷眼旁觀。」

頂多就是阻止了他被搶錢，還匿名舉報了一次。

崔世暻知道自己袖手旁觀而犯的錯，也知道如果宋理巘看見現在他對洪在民發出的警告，會罵他踰越本分，但是，他在尋找原來的宋理巘的過程中，對洪在民的憤怒和自責都加深了。

洪在民不知道宋理巘在遭受校園暴力後，穿着睡衣在雨中奔跑一事，竟然企圖親近宋理巘，崔世暻絕對無法原諒洪在民這種行為。

其他人觸碰宋理巘或有過分的肢體接觸時，崔世暻會感到不悅，但這與對洪在民行為的憤怒相比，完全不同層次。

崔世暻抓住了洪在民的肩膀，指尖因用力而深陷，然後對他說：「但是，你不行。」

洪在民瞬間感到不適，但當他直視崔世暻那擴張且閃爍的黑色瞳孔時，忍不住吞下唾沫，他在世暻的黑色瞳孔中看到自己，就像是站在獵食者面前的獵物般，充滿了恐懼。

閃爍的黑色瞳孔逐漸接近，自己在瞳孔中的倒影越來越大，洪在民嚥下口中的唾沫，

將手中的全套書籍高高舉起。

「就算祈求一輩子也沒用，你不能待在宋理獻的身邊，不用反省，如果你的所作所為有那麼一點歉意的話，那就從宋理獻身邊消失吧。」

「……是我先發現宋理獻的，別以為你和宋理獻變得親密就開始囂張。我和他相處的時間，遠比你多……幹，我可是跟那傢伙一起整整混了兩年！我比你了解宋理獻，你懂什麼啊，亂說一通。」

原本應該反省的洪在民，不想承認自己曾經霸凌同學，反而虛構事實來炫耀。他將單方面的霸凌美化為友情，把他欺負別人的時間當作是兩人相處的美好時光。

「那不能稱作相處，對理獻來說，無緣無故被欺負的那兩年一定是很可怕的經歷。」

一個洪在民霸凌宋理獻的可能性忽然浮現，讓崔世暻的眉頭緊鎖，「難道你……」

對崔世暻來說，假宋理獻是特別且珍貴的存在，只是短暫分開，就會想見他，想聯絡他，一直拿著手機不放。

在同一個空間唸書時，視線總是不自覺地轉向假宋理獻，看到他認真解題時，就會不由自主地想戳他腰側，如果假宋理獻不是那麼執著於提升成績，崔世暻可能每十分鐘就會戳他一次。如果將這份情感如同擰乾毛巾般擰壓，便能推測出過去兩年洪在民欺負宋理獻的原因。

「難道，你是因為喜歡宋理獻才欺負他的嗎？」

洪在民無法否認。

他沒有察覺到自己喜歡宋理獻，但當宋理獻變得不再按照他的意願行動時，他開始想念那個曾被他欺負的宋理獻。

就算不是他舉起手臂就害怕顫抖的反應，有時，他會極度渴望看到，宋理獻那緊閉的粉紅色嘴唇或是那顯得無助的肩膀。

這並不是普通的想念，即使是遲鈍無知的洪在民也知道這一點。

當崔世暻發現洪在民的猶豫中隱藏著肯定時，輕蔑地笑了出來，那用來威懾洪在民的低沉聲音，漸漸變得空洞。

「哇……你真的壞到極點。」

崔世暻忍不住發出一連串的輕蔑笑聲，像是避開骯髒垃圾般地後退，和在民拉開了距離。當得知宋理獻遭受校園霸凌，穿著睡衣在雨中奔跑的緣由之後，崔世暻的笑聲帶著震驚，很快眼神變得充滿鄙視。

「你真的太噁心了，在民啊。」

「幹，你！」

總是能夠輕鬆應答的洪在民，這次也因羞愧而結巴了。

洪在民只要處於劣勢，就會大聲咆哮，用怒吼讓對方啞口無言，這就是他的爭吵方式。不過，崔世暻的斥責冷若冰霜，嚴厲到連他的蠻橫行為都讓他羞愧不已。

崔世暻用那不帶笑容的斥責，讓洪在民羞愧到無地自容，讓他無法大發雷霆，在抑制怒火時身體不由自主地發抖，洪在民無法忍受再被討人厭的崔世暻欺負，於是扔出了拿在手中的全套文學書籍。

新書的頁邊飛揚，尖銳的書角如同鳥喙般刺向崔世暻，剛出版的新書邊角又尖又硬，給人一種彷彿被尖物刺中的衝擊，崔世暻因突如其來的衝擊而步伐踉蹌。

「呃！」

「學長！」

一直旁觀的圖書部成員們見狀急忙跑了過來，地板隆隆作響，他們繞道避開了正要離開的洪在民，扶住了崔世暻。

雖然洪在民誇張地做出了粗暴的肢體動作，但他在安全地走出圖書館之後，鬆開了因激動而緊握的拳頭，他衣領下的筋脈顯露，心跳劇烈地跳動。

「什麼眼神嘛……」

洪在民恐懼不是因為打了有強大後盾的崔世暻，而是他那沒有笑容的冷淡眼神，讓人不寒而慄。

當那令人昏昏欲睡的國史課結束時，班上的學生們立刻趴在桌上睡覺，金得八則伸了一個大大的懶腰。

「啊，全身痠痛。」

——成長痛還在持續中嗎？

關節的痠痛依然存在，感到肌肉拉扯，關節痠痛……雖然遲來的成長痛伴隨著劇烈的疼痛，但幸好有按摩器可以隨時使用。

他轉動了椅子，把痠痛的腿擱了上去。

當金得八把腿擱在世暻的大腿上時，崔世暻便熟練地開始按摩，有句話說「持續的好意會被當作理所當然的權利」。每次成長痛發作，崔世暻總是默默地幫他按摩，持續的好意讓金得八開始厚著臉皮伸出腿來。

金得八厚顏無恥地伸出腿是問題，但每次都默默地幫忙按摩的崔世暻也同樣難辭其咎，本來只在閱讀室幫忙按摩，現在逐漸演變成了不分場合了。

「你真的很會按摩。」

強有力的指壓正好觸及那些痠痛點，金得八在椅子上伸展開來，就算是黑幫時期，他也從未要求過手下給他按摩，但不知為何，崔世暻的按摩手法有種上癮的感覺，讓他難以抗拒。

享受著崔世暻按摩的金得八，當頭頂上出現陰影時，便將頭向後仰，洪在民以三七步站著，用頭朝門口方向指了指。

「宋理獻，我們出去。」

「去哪裡？」

洪在民語塞了。他不喜歡看到崔世暻那個傢伙獨占著宋理獻，隨意幫他按摩的樣子，所以提議出去，但其實無處可去。然而，如果就這樣退縮，感覺就像是輸給了崔世暻，洪在民感到苦惱。

他突然想到坐在焚燒場的時候，只有他們兩人，那種與世隔絕的感覺，如果和宋理獻在焚燒場閒聊好像還不錯，於是他問：「……要翹課嗎？」

「在民，你走開，回座位坐好，你得拿到高中畢業證書啊。」

覺得焚燒場舒適只是洪在民個人的感覺，宋理巘斬釘截鐵地拒絕了。

宋理巘像趕蒼蠅般揮動手臂，然後將已按摩過的腿放下，把另一條腿擱在崔世暻的大腿上，接著閉上眼睛，交叉雙臂，完全無視他，這讓洪在民大為光火。

「喂，你只在自己想去的時候才拉我去焚燒場……我要去你就不去嗎！」

「你拉我去焚燒場，不就是想打我嗎？」金得八再次仰頭，指出了這一點。

洪在民顯得有些畏縮，低聲下氣地回應：「……我不會打你。走吧，我有話要說。」

「在這裡說吧。」金得八因為懶得動，將臀部搭在椅子邊緣，慵懶地伸展身體。

洪在民想將他從崔世暻那裡搶回來，固執地說：「走，我們去外面。」

在洪在民持續的騷擾下，金得八開始尋找掃把，他問：「掃把在哪裡？」

每當洪在民讓教室氣氛變得緊張時，持掃把追逐的總是金得八，當他假裝找掃把時，洪在民反射性地想要躲開那根本不存在的掃把。

此時，傳來了嘲笑洪在民狼狽樣子的笑聲，一直安靜在按摩的崔世暻，注意到眾人目光聚焦於他時，便立刻道歉：「啊，對不起。」

他一點也不覺得抱歉，連掩飾嘴角洩露的嘲笑聲的假動作都沒有，眼睛雖然謙卑地垂下，但嘴角卻上揚，任誰看了都知道是在嘲笑洪在民，他將半垂的長睫毛稍微抬起，用充滿嘲諷的眼神看著洪在民。

直到那時，洪在民還是忍耐著，畢竟昨天他對崔世暻扔了書，如果再打人，後果將會難以承擔。

洪在民也有一定程度的判斷力。

然而，當崔世暻輕撫著宋理獻的裸露腳踝，擔憂地問道：「你腳踝不痛嗎？」這炫耀親密的舉動，讓洪在民想起了昨天在圖書館發生的事，如果昨天洪在民炫耀的是假裝的親密，那麼崔世暻則是展現了他與宋理獻真正的親近，甚至大膽地撫摸著對方的裸膚。

在這裡被嘲笑，加上在圖書館受到的屈辱，憤怒的洪在民氣到鼻孔都擴張了，粗重地喘氣，他沒有出手打崔世暻，而是將怒氣發洩在隨意踢打的物品上。

「幹！」

「呃！」

不巧的是，洪在民踢到的東西中有金得八坐著的椅腳，這使得只將臀部搭在椅子邊緣的金得八從椅子上跌了下來，重重地摔在地上，落地時只有臀部著地，長腿依然放在崔世暻身上，姿勢非常滑稽。

被連累的金得八大叫：「你瘋了嗎？」

他捲起袖子站了起來，似乎不打算原諒這場突如其來的襲擊，在緊握的拳頭中，可以看見手背上的骨頭突出，不過，更引人注目的是崔世暻的反應。

「理獻啊，你忍一下吧。」

崔世暻抓住了宋理獻纖細的手腕，阻止了他，自己挑起了事端，當洪在民發脾氣，又裝作若無其事。

幾乎未曾遭遇狡猾伎倆的洪在民，缺乏抵抗能力，因此更加氣憤：「……是那個傢伙先嘲笑我的！」

「同班同學之間開個玩笑也不行嗎？你連這都不能忍受，要鬧事嗎？」

「他現在還在嘲笑，你看不出來嗎？」

金得八低頭一看，崔世暻變換了他的笑容，他在一秒內，收起了嘲笑，轉變為親切的笑容。

洪在民在對面目睹了這無懈可擊的表情轉變，氣到抓狂的只有他。

宋理獻站在崔世暻這邊，冷淡地說：「他本來就是這樣笑的。」

「怎麼辦？看來在民不大喜歡我笑的樣子，昨天還突然對我扔書呢。」

崔世暻跟宋理獻告狀昨天圖書室的事情時，把自己威脅別人的事全都省略了，這讓洪在民怒火翻騰，一直以來都是洪在民吃虧，但當崔世暻露出苦澀的笑容時，他感到極其委屈，忍不住吼了出來：「明明是你做了欠打的事，狡猾的混蛋！」

「你又開始到處欺負其他人了嗎？」

當知道有校園暴力前科的洪在民扔書時，宋理獻緊握了拳頭，崔世暻阻止了他，「算了，理獻，別說了。在民扔書肯定是有他的理由的。」

帶著受傷語氣自我解嘲的崔世暻，把額頭輕靠在宋理獻的手腕上。宋理獻看到他無力地依靠的樣子，覺得他很可憐，甚至容忍了崔世暻抱住他的腰。

自從崔世暻幫他按摩之後，兩人之間的肢體接觸變得更加自然。

崔世暻將頭靠在宋理獻的腰上時，一直與洪在民對視，這不僅僅是炫耀他和宋理獻之間的關係，也是在向洪在民展現一種「你絕不可能像我這般與宋理獻親密」的優越感。

嘴角上揚的崔世暻，挑釁般地用額頭輕輕摩擦著宋理巘的腰，這是有校園暴力前科的洪在民絕對無法對宋理巘做出的舉動。

這種露骨的行為，連不大聰明的洪在民都看出來了，忍不住七竅生煙。

「你！」洪在民的怒氣如同沸騰的水壺般，他控制不住自己的脾氣，亂踢了幾腳後就離開了教室。

「真是個瘋子。」

留下來的人都感到無言，金得八則是將食指放在太陽穴上轉了轉圈。

「就是啊，理巘，在民真的很奇怪……」這件事彷彿和自己無關，崔世暻故作輕鬆地拉長了語調，同時更加緊緊地抱住了宋理巘的腰。

當金得八厭惡地要崔世暻放開的時候，洪在民已經走遠了。

第六章

糟糕，我越來越喜歡你了

在社會學科中，金得八最喜歡的科目是「政治與法律」。

正如其名，這個科目旨在學習政治的基本理念和概念，以及法律的基礎知識，它也是金得八唯一不用努力學習就能獲得好成績的科目，他在「政治與法律」所展現的特殊才能並非天賦。

在黑幫時期的金得八閱讀了許多政治小報，還是小混混的時候，因租金詐騙事件而學習的民法、因打架多次進出警察局而學到的刑法，這些以自學方式獲得的知識竟然在「政治與法律」這個科目中大放異彩，這是金得八也未曾想到的。

因為是親身經歷過的事，所以比較容易理解，不必刻意背誦，也能牢記於心，讓學習變得輕鬆許多。

所以，平時上「政治與法律」這門課的時候，金得八都會非常專注，但他今天的眼神迷離，身體狀態不佳，金得八因為昏昏欲睡，勉強撐開那即將閉合的眼皮。唸書唸到半夜已經夠累了，自從李美京派人闖入家裡之後，他就一直處於緊張狀態，未能好好睡覺，連天下無敵的金得八都感到吃力。

他努力不讓自己睡著時，一塊柔軟的布覆蓋了他的口鼻，一隻手抱著他的後頸，另一隻手覆蓋過他的上唇，手掌寬大且溫暖，金得八不由自主地倚靠在那手掌上。當手帕散發出清新的花香時，他馬上認出那是崔世暻的手帕。

「老師，理獻需要去保健室一趟。」

金得八感到遮住他嘴巴的手帕濕透了，低頭一看，見到了滴在教科書上的鼻血痕跡。

正朗讀教科書劃線部分的老師，驚訝地放下了教科書，然後說：「哎喲，宋理獻，流鼻血了嗎？快去吧。」

生平第一次流鼻血的金得八感到驚訝，用鼻音回答：「是……」

宋理巘的體質較弱，很多時候都仰賴金得八的意志力在支撐，忍到極限而爆發的鼻血很快就染紅了手帕。

看來這不是去洗手間擦拭就能止血的情況，老師見狀露出憐憫的神情，揮手讓他趕緊去處理，「鼻血流得很多。世暻，你帶他去保健室後再回來吧。」

「好。」

崔世暻扶著宋理巘，防止他後仰，配合宋理巘的步伐，兩人一同離開教室。老師帶著憐憫的眼神，目送他們離開教室，然後繼續教書。

雖然老師明確地要崔世暻帶人去保健室後返回，但直到這堂課結束，崔世暻都沒有回到教室。

坐在第四大排最後一個座位的洪在民，焦急地抖動著交叉的腿，緊盯著宋理巘和崔世暻並排的空位。

對洪在民來說，崔世暻那個狡猾的傢伙有沒有回來並不重要，宋理巘跟他一起離開，卻一直沒有回來，這讓洪在民坐立難安。

下課時間到了，洪在民終於忍不住下樓前往保健室。

在保健室裡可以看見一名穿著運動服的學生膝蓋擦傷，而保健室老師正在為他的膝蓋上藥。

洪在民沒有敲門就闖了進去，手裡拿著棉花的老師問道：「你是誰？哪裡受傷了？」

「……我是來找朋友的。」

洪在民以一種介於問候和不問候之間的尷尬姿態向前鞠了個躬，就穿過了隔板的另一邊。在那裡，床位以一定的間隔擺放，他在尋找宋理獻，像個不速之客般窺探每個隔間，生病躺在床上的學生都會被他驚動，但洪在民一句道歉也沒有，堅持要檢查躺在每一個床位上的人。

最後，洪在民在查看最內側靠窗的床位時，瞪大了眼睛。

在隨風搖曳的白色窗簾之下，崔世暻正親吻著宋理獻。

被夏日的陽光染白的窗簾之下，映入眼簾的是穿著夏日短袖襯衫的宋理獻坐在床上的背影，手臂隨意地擺放，而崔世暻則用手輕托著他的臉頰，單膝撐在床上，彎下腰和宋理獻眼神相對。

崔世暻的頭部輕微傾向宋理獻，從某個角度看，他們彷彿正在親吻。

當崔世暻的視線從宋理獻的棕髮縫隙發現了洪在民後，隨即眼神閃爍，眼角的笑意加深，他拉近了彼此的臉頰，讓兩人的臉更加貼近。

在崔世暻的手大膽地撫摸宋理獻的後腦杓時，洪在民如同被潑了冷水驚醒過來，發出尖叫：「呀。」

推開崔世暻轉頭查看的宋理獻，兩個鼻孔裡都塞著棉花，左眼紅腫充血。儘管他不可能以兩個鼻孔都塞著棉花的滑稽模樣接吻，但洪在民還是震驚得全身發抖。

宋理斅用手背按壓著充血的眼睛問道：「你來幹麼？」

但洪在民的手指卻來回指著他們兩人，然後說：「你們親……」

「你亂講什麼，給我閉嘴，啊，好像還沒掉出來。」

「還沒嗎？」

宋理斅把遮住雙眼的手掌拿開給崔世暻看，對方抓著宋理斅的臉不讓他動，對著他的眼睛吹氣。

原來剛才那一幕不是接吻，而是在幫忙去除眼睛裡的異物，當崔世暻發現洪在民後，故意調整角度，讓它看起來像在接吻，洪在民意識到這點後，憤怒到臉頰抽搐。

「崔世暻……你這傢伙又！」

正當洪在民要發出獅吼般的巨響時，剛好聽到嘈雜聲的保健室老師提出了警告：「發生了什麼事？有生病的學生在，安靜一點。」

「對不起。」

被大家公認除了禮貌外就宛如屍體的金得八恭敬地鞠了個躬，保健室老師開始關心起宋理斅：「你的眼睛怎麼了？有東西跑進眼睛了嗎？過來這裡我看看，別揉眼睛。」

保健室老師阻止宋理斅用手揉眼睛，等宋理斅走近後，老師檢查了他充血的眼睛。

崔世暻吹氣吹了半天也不見好轉，老師用人工淚液一下子就沖掉了異物，順便還檢查了宋理斅的狀態。

「來看看鼻血是否止住了。」

「好像止住了。」

在保健室老師拿出鑷子之前，宋理巘已經哼哼兩下將鼻子裡的棉球噴到地上的垃圾桶中，取出染血的棉球後，皮膚雖然紅腫，但血已停止。不過宋理巘臉色還是很蒼白，老師建議休息一會兒再回教室，但堅持要上課的金得八拒絕了，於是老師立刻將引起混亂的三人趕出了保健室。

在回教室的路上，洪在民沒有放棄報復，他追著崔世暻踢打的舉動從走廊一直延伸到樓梯，金得八擔心他們的腳纏在一起從樓梯摔下去，於是出面阻止。崔世暻被踢到校服上都留下了鞋印，金得八覺得一直被洪在民欺負的崔世暻有點可憐。

「別再欺負他了，雖然崔世暻有討人厭的一面，但你也不應該隨便對他這樣。」不會說謊的金得八在貶低崔世暻之後又偏袒他。

而崔世暻原本打算故意被洪在民打，然後說自己沒事假裝大度，但聽到宋理巘當面說他討人厭，讓他不禁嚴肅了起來。

一直被崔世暻欺負的洪在民大感委曲，抗議大喊：「那我呢！」

宋理巘一聽見就皺起眉頭問道：「你認真的嗎？」

在民吞下已經到了嘴邊的髒話。

老實說，洪在民並不想為校園暴力道歉，他討厭道歉時那種輸的感覺，他希望像現在一樣不道歉，也許隨著時間流逝，大家會忘記校園暴力的事，他和宋理巘能相處得更好。其實他自以為現在和宋理巘相處得很不錯。

宋理巘注視著洪在民，手插在褲兜裡，慢慢地靠近洪在民，然後說：「我從來沒有原諒過你。」

只是靠近而已，洪在民就向牆壁退後，當背部撞到冰冷的牆壁時，他努力想要忽視宋理獻的氣場，勉強開了口：「……都什麼時候的事了，怎麼還在提，全部忘掉，我們好好相處吧。」

「如果是你，會忘記嗎？」

「……」

「我還記得，所以你也不要忘記。」站在洪在民面前的宋理獻，用一隻手開始整理在民的衣領，試著幫他扣上散開的襯衫鈕扣，但發現鈕扣已經掉了，便拉直了他皺巴巴的衣領，並輕拍了一下衣肩的皺摺。

宋理獻審視著衣著變得整齊的洪在民，抓住了他的肩膀。

彷彿在進行最後確認，和整理衣領的溫柔動作不同，低沉的警告帶有一絲陰冷。從洪在民曾經輕視為草食動物的粉紅色嘴唇中，吐出尖銳如獠牙的批評，對他造成了傷害。

宋理獻：「如果你做不到假裝反省，那就給我老實點，這樣我才可能考慮放你一馬，懂了嗎？」

洪在民這時才意識到，他從變化後的宋理獻那裡感受到的親密感和舒適感，都是自己一廂情願的錯覺。

洪在民不是那種會深思熟慮的人，過去的事很快就忘記了，說得好聽點，他是個性格直爽且不記仇的人，但其實他是那種不知道自己錯在哪裡，自以為了不起的類型。通常反省意味著要省察自己過去的言行，從中認清自己的錯誤，但洪在民的大腦結構似乎與反省搭不上邊。

從洪在民反覆思考宋理獻的話後，得出的結論不是真正的反省，而是想要回到過去，就可以知道，洪在民從頭到尾是個不知反省的無可救藥之人。

洪在民想回到過去，不是因為暴力關係，而是那個時候在學校裡面，自己是唯一會和宋理獻交談的人。

他突然有股衝動想回到自己對於宋理獻是特別存在的那個時候，於是急忙開始尋找宋理獻，但此時已經放學了，學生們都回家了，宋理獻的座位空蕩蕩的。

洪在民背著空書包，兩步一跳地從樓梯跑下來，他推開穿著校服的學生們，終於找到了宋理獻。

平時在學校就形影不離，連放學路上也和崔世暻一起，看到宋理獻開玩笑地拍了崔世暻的手臂，洪在民的眼中閃過了怒火。

雖然宋理獻的話讓洪在民感到氣餒，但這和崔世暻討人厭的程度無關，洪在民認為曾經是旁觀者的崔世暻也沒有資格占據宋理獻身邊的位置。

先想辦法把崔世暻甩開，然後和宋理獻聊聊。

——我們和過去那樣相處吧！

——如果我沒有打你，其實我們相處得也還算不錯，不是嗎？

洪在民一邊在腦海中選擇要說的話，一邊跟著宋理獻，這時崔世暻突然搭了宋理獻的肩。那親密的舉動，點燃了在民眼中的怒火。

此時，崔世暻轉過頭來，對洪在民咧嘴一笑。

「給我老實點。」崔世暻在複述宋理獻說過的話時，眼角掠過了一絲笑意。

金得八不知道崔世暻用嘴型對洪在民說了些什麼，斜眼看了一下被定格在原地無法再跟上的洪在民，然後用手肘輕碰崔世暻並叫住了他：「喂。」

崔世暻裝作一副毫不知情的樣子，很自然回應：「嗯？」

起初，金得八也只是覺得洪在民像個小孩一樣煩人，但當洪在民不顧警告還是跟過來，這時他察覺到崔世暻可能暗中在策劃著什麼。

金得八見到洪在民時，總會想起過去幫派的小弟們，但即使他對在民心生憐憫，也絕對不會原諒，更不想偏袒他，現在洪在民受到的懲罰和所犯罪行相比太輕。然而，他討厭將人逼入絕境，看到被逼入絕境的人失去人性和絕望的模樣，讓他感到不快。

金得八知道崔世暻在擔心原來的宋理獻，對洪在民施展了狡猾手段，本來想睜一隻眼閉一隻眼，但面對擅長操縱局面的崔世暻，處於劣勢的肯定是洪在民。本來命運就坎坷的洪在民，很容易就被逼入絕境。

金得八心想這並非在偏袒洪在民，可能因為他讓金得八想到小弟們，看到他不好好上學，擔心他會變得和自己一樣無學歷，但金得八沒有忘記洪在民的所作所為。只是覺得報仇應該由自己來完成，希望崔世暻不要做出和洪在民一樣的垃圾行為。

想到之前班上鬧得沸沸揚揚的偷錢事件，從崔世暻隨便就能冤枉洪在民看來，顯然這次崔世暻也不會輕易放過對方。

他雖未阻攔崔世暻，但還是為他劃了一個底線。

「別做得太過分了。」

「嗯。」

雖然對崔世暻來說，這個底線更像是一種默許。

❧ ❧ ❧

週末早晨，運動完回家的金得八，在玄關脫鞋時發現了一雙他熟悉的鞋子，不禁挑了挑眉。他隨著從屋裡傳來的瑞山大嬸的開朗笑聲，他走向廚房的中島式餐桌，看到穿著圍裙正努力討好瑞山大嬸的崔世暻。

在明亮的廚房中，出現了一個英俊可靠的男孩，這景象不只是金得八感到賞心悅目，自宋敏書險遭綁架之後，一直失去笑容的瑞山大嬸在迎接金得八時，聲音比往常更加悅耳高亢。

「噢，回來了啊？世暻這孩子剛來不久，一直在等你。」

金得八向瑞山大嬸點了點頭，然後坐到了正忙著切菜的崔世暻對面，就像自己家的廚房一樣。

崔世暻因為不敵愉快的瑞山大嬸，錯過了打招呼的時機，只好眼帶笑意取代問候，同時切著紅蘿蔔和櫛瓜。

金得八想拿起一片紅蘿蔔切片來吃，卻被瑞山大嬸斥責先去洗手，不過金得八還是在洗手之前吃了一片崔世暻餵他的紅蘿蔔。

「怎麼了？週末你怎麼會跑來？」

「我把家庭醫師請來了。」

「啊，這樣啊……謝謝。」

金得八曾經隨口提過因為李美京單方面斷絕連繫，連家庭醫生也聯繫不上，看來崔世暻記得他說過的話。

對崔世暻來說，這或許是別人的事，但他除了幫助自己學習，還照顧到宋敏書，這讓他心生感激而略顯尷尬，他接著問：「檢查了嗎？」

哼著歌曲的瑞山大嬸順勢替崔世暻回答：「剛剛結束醫生就離開了，夫人在臥室裡睡覺，今天午餐吃麵疙瘩，很值得期待！你看看世暻這孩子的手藝，刀工嫻熟又精細。」

瑞山大嬸忙著指派崔世暻做這做那，然後遞出一個裝了麵糰的碗。看似要讓他參與揉麵，碗恰好放在金得八的面前，但他裝沒看見，繼續咀嚼崔世暻給他的紅蘿蔔。

「世暻，我會做出美味的麵疙瘩給你吃的。」

「我很期待。」

擁有俊俏臉蛋和健壯身材的崔世暻，穿著綁有精緻絲帶的圍裙，似乎已經不只是個簡單的廚房助手，看來已成功拉攏了瑞山大嬸，她以一種從未對宋珥獻展現過的親切態度對待崔世暻。

等她走向儲藏室拿材料時，崔世暻用低沉的聲音發問：「……是叫李美京吧？那個女人還是聯繫不上嗎？」

「嗯，還聯繫不上……但不用太擔心。從瑞山大嬸準時領到薪水來看，那個女人也不敢輕舉妄動。」

讓年幼的崔世暻擔心，使金得八覺得既抱歉又尷尬，便試圖轉移話題，環視四周後，在中島餐桌上，有一盤切好的熱帶水果，看來是崔世暻帶來的禮物。

「怎麼會有水果？你買來的嗎？」

崔世暻將視線從小心不讓手指被刀割傷的刀尖上移開往上看，他出門時發現家裡有可以當作禮物的水果籃，心想假宋理獻應該會喜歡，便整個帶來，但他沒有多作解釋。

「感覺我每次都空手來。」

「你是來輔導我學習，應該是我買給你才對。」

儘管口頭上這麼說，金得八卻沒有推辭。

在崔世暻帶來的水果籃中，一部分經切好送給宋敏書品嚐，剩下的水果是瑞山大嬸為了招待崔世暻而準備的。

金得八在眾多水果中用叉子挑選了看起來最誘人的鳳梨。

黑幫時期從小弟買來的披薩裡嚐到軟爛的鳳梨之後，他就沒有再吃過熟透的鳳梨，但對新鮮切好的或罐裝鳳梨則都不挑。

當他咀嚼果肉時，那熟悉的果汁味道在口中擴散，「很好吃。」

金得八可能是因為跑步跑得滿身大汗，清爽的果汁超出了他的期待，覺得非常美味，因此他專挑鳳梨來吃。

崔世暻見他吃得津津有味，便將盛鳳梨的盤子推到他的面前。

「喂，關於下午要學習的範圍……」一邊聊著日常，一邊咀嚼著爽口的鳳梨時，一場無預警的災難突然降臨。

「……喔？」

逐漸出現的輕微癢感悄悄蔓延全身，金得八失手掉落了他的叉子，還來不及撿起來，他就感到心臟緊縮，呼吸變得困難，於是他搔了搔自己的削瘦的胸膛。

正在揉製麵疙瘩麵團的崔世暻，驚訝地叫了出來：「宋理獻？」

「咳呃……」

金得八倒在了餐桌上，在逐漸模糊的視野中，他看見有人在喊叫，他想告訴對方自己沒事，但是呼吸困難使得他只能大口地喘氣。

最後，他看到瑞山大嬸從儲藏室急匆匆跑來的畫面，隨即失去了意識。

⁂

在金得八那個世代，沒有「過敏」這個概念。當然，同時代地球上的其他地方，確實存在著，有人吃了會導致過敏反應的食物而就醫，甚至可能是一種致命的症狀，潛伏在日常生活中。

然而，至少在金得八的家鄉——全羅南道木浦市的一個偏僻村落，沒人說過自己曾罹患了過敏，這裡幾乎沒人知道什麼是過敏，有過敏反應的人甚至不知道自己過敏，經常被誤認為挑食，還會因此受罰。

金得八來到首爾才知道世上有過敏這種事，他本來以為只有首爾人會得過敏，但在首爾生活一段時間後，才發現過敏是一種普遍可能出現的症狀。

他回想起小時候在家鄉過節吃泥蚶後身體發癢，他懷疑那就是過敏反應。

但是，金得八不知道宋理獻有過敏。

當金得八的意識逐漸恢復時，他最先閃過腦海的，是沒想到自己會因為過敏反應而昏倒，這種事只有在外國電影中看過，才吃了幾塊鳳梨，就感到呼吸困難，竟然還昏倒了？這個情況讓他莫名其妙，但同時也對宋理獻未曾品嚐過鳳梨的美味感到哀傷。

——你在哪裡？宋理獻。

金得八呼喚著那不知所蹤的宋理獻的靈魂，但和往常一樣什麼回應也沒有，覺得徒勞無功的金得八開始懷疑自己到底在做什麼，因此他決定睜開眼睛，經過幾次的努力，終於以微弱的力氣睜開了眼睛。

「你清醒了嗎？」

隨著視野從模糊中逐漸聚焦，映入眼簾的是一臉擔憂的崔世暻，金得八在失去意識之前所見到的崔世暻的驚慌表情依舊歷歷在目，醒來後見到的他，表情幾乎沒有改變，只是他身後的場景從家中變成了醫院。

——這麼擔心我，真討人喜歡。

金得八無力地揮了揮手讓崔世暻過來，然後粗魯地撥弄了他的頭髮，安撫他說：

「……我沒事。」

醫院裡的乾燥空氣使金得八的嘴唇乾裂，崔世暻幫助想要坐起身來的金得八，並為他準備了水。

昏迷後因為即時的急救措施，才能看到午後的陽光透過窗戶照進病房。

崔世暻一直握著水杯直到水見底了，然後開始講述假宋理獻失去意識時所發生的一切：「我們叫了救護車來到醫院，大嬸因為要在家照顧你的母親所以沒能過來。」

「……你也回家吧？又沒什麼大事讓你非得留在這裡。」

崔世暻裝沒聽見，收拾了水杯，然後，他發現病床旁邊的桌子上，因換上病人服而隨便堆放的運動服，皺了皺眉頭，拿起了衣服。

他一邊折疊好運動服，一邊說道：「我和大嬸通過電話，她讓我轉告你，家裡沒有人吃鳳梨，所以她把鳳梨切好給我吃，並說宋理獻對鳳梨嚴重過敏，你自己也知道，所以不會吃……大嬸知道後也很驚訝，因為宋理獻從來都不吃鳳梨的。」

崔世暻沉默片刻後，補充說道：「……看來你對鳳梨的過敏也很嚴重。」

他說這句話的時候，沒能直視假宋理獻的眼睛。

崔世暻看起來有許多話想說，從他緊閉的嘴唇和側臉表情可以看出他壓抑了許多的疑問，這讓金得八因為緊張而感到肌肉緊繃。

有如此嚴重的過敏，仍果敢地吃下鳳梨，這就連金得八都覺得可疑，更何況都已經十九歲了，才聲稱不知道自己有過敏更加荒謬。崔世暻知道真正的宋理獻和假宋理獻是不同的人，但他們卻有相同的過敏反應，這絕非巧合。

敏感的崔世暻不可能沒有發現異常，按照他的個性，肯定會追問真相，金得八擔心像之前那樣發生衝突，如履薄冰般等待著崔世暻的提問。

但是，一邊撫摸著那些整齊摺好的衣物，一邊讓金得八處於煎熬的崔世暻，卻沒有提出任何問題。

「對不起，我不該帶鳳梨過來的。」

「不，那不是你的錯……」

道歉的崔世暻看起來沒有任何的懷疑或留戀，他的清澈眼眸中只有滿滿的擔憂，這反而讓金得八想問他為什麼不追問。

「啊！還有一個人也來過……」

和那位先前來的訪客見過面的崔世暻，露出不悅的神情。崔世暻很少如此明顯地表達對某人的不滿，當金得八感到困惑之際，一個人影推開病房門走了進來，她穿著尖頭高跟鞋踩在地板上。

李美京在與宋理獻保持一定距離後停了下來，不耐煩地摘下了太陽眼鏡，一進入病房就怒不可遏。

就像上次宋理獻從天橋跳下後來到病房時那樣，她似乎在克制著不將手中的手拿包扔出去，手指關節因為壓抑而顫抖發白。

「你是故意吃鳳梨來吸引注意嗎？之前還從天橋上跳下來，看來現在你是打算定期製造問題了！你是想和你媽一樣嗎？透過自殘來得到關注嗎？你那是精神病的行為。」

沒有人比她更擅長挑起人的痛處，她似乎有通靈的能力，能夠迅速知曉某人住院的消息並找上門來，這讓剛恢復意識的金得八感到困惑，對她的出現百思不得其解。

崔世暻對李美京的發言感到不滿，皺起了眉頭，他在宋理獻的耳邊低語：「是大嬸聯絡她的。」

「啊。」

從天橋跳下來之後，唯一來醫院探望的監護人是李美京。

而這段期間所有的聯絡都被無視，但她一知道宋理獻被送進急診室就現身，不是因為擔心而來的，而是如果宋理獻出了什麼問題，她就會受到某種懲罰。

唯一能對李美京施加懲罰的人就只有會長。

會長似乎並未完全放棄宋理獻，這點從李美京的憤怒中得到了證實。畢竟，不管是不是私生子，親人的去世總會帶來麻煩，可能是李美京拚命隱瞞，所以會長並不知道宋理獻從天橋跳下來自殺一事。

金得八瞬間豁然開朗，頭腦清晰了起來，他嘲諷李美京：「原來要鬼門關前走一回才能見到妳呀。」

金得八心想也許需要崔世暻的幫忙，於是按住想要起身的崔世暻的肩膀讓他坐下。

宋理獻靠著崔世暻的肩膀，將腿懸於床邊，帶著那一貫的懶散表情傲慢地抬起下巴。

李美京則是激動地斥責他：「你們母子到底為什麼要這樣折磨我？老實待著有那麼難嗎？如果知道你們會這樣，那時就應該把你們倆送進精神病院的。」

李美京意識到自己失言後，立刻閉上了嘴巴，她緊咬著下唇，直到唇膏都掉光了，看到宋理獻似乎沒聽見她的失言，臉上維持著意味深長的笑容，轉移了話題。

之前那種彷彿要吃人般的凶狠態度也變得溫和了：「……明知道自己有過敏還吃，是有什麼目的嗎？」

宋理巘因為顧及到崔世暻，所以沒有說粗口，但也沒有保持緘默：「我吃是因為我相信妳會送我去醫院，妳連我母親都想送進精神病院了，那送我一個小孩子去醫院，應該難不倒妳吧。」

期待著李美京會有什麼反應，但她只是噘了噘嘴。

因為沒有證據，李美京就像之前斷絕連繫那樣抵賴：「我不懂你在說什麼，你媽精神有問題也不是一天兩天的事了，也許送她去精神病院會更好。」

宋理巘一點也不驚訝，一如往常地詢問了會長的近況：「會長身體還好嗎？」

他無緣無故提到親生父親時，李美京顯得相當不悅，在她眼中，宋理巘遠不及會長。

——這個無能的傢伙，竟敢把會長掛在嘴邊！

李美京具有攻擊性的指甲刺入了她的手拿包裡。

「請代我向會長問好，告訴他，我會找時間去拜訪。」

「……你一個小角色，見會長是要幹麼？」

「那麼，妳來找我啊。」

宋理巘抬高他的尖下巴，上揚的嘴角帶著一抹傲慢的微笑。

因為一直被冷落，而幾乎忘記了宋理巘是會長的兒子，俗話說胳臂向內彎，李美京也清楚這個事實，所以她拚命阻止宋理巘急救送醫的消息傳到會長的耳裡。

不管那個女人有多厲害，到了關鍵時刻，會長還是會站在宋理巘這邊。金得八想像著那一刻李美京臉部扭曲的樣子，感到了極致的痛快。

復仇就是這樣的，不是小孩子之間的打鬥，而是針對那想要隨意操控他人生活的過錯進行反擊。

李美京終究會因自己的過錯而失足墜落。

❧ ❧ ❧

病房的夜晚來得特別早，在家還能開燈唸書的時間，卻是病房的熄燈時間，雖然單人房不受熄燈時間的限制，但因過敏起的疹子還沒完全消退，金得八決定暫時合上書本，躺在床上休息。

終於不必擔心李美京會派人來騷擾，金得八想要好好睡一覺，但就是睡不著。躺在硬邦邦的床上翻來覆去，最後金得八睜開了宋理巘那對清醒的棕色眼睛。

——有什麼方法可以戲劇性地告訴會長宋理巘企圖自殺，並藉此除掉李美京呢？

正在苦思冥想之際，在黑暗中手機螢幕突然亮了。

金得八伸手摸索，拿起正在充電的手機查看，原來是崔世暻發了一則普通的晚安簡訊，他隨即回傳了一張他平時收藏的晚安圖片。

今天崔世暻應該也很驚訝，但他沒有追問任何事情，這讓金得八很是感激。

用心地用圖片回覆簡訊後，感到滿足的金得八輕撫了自己的鼻梁。

不久，訊息被已讀了，金得八雖然沒有收到回覆，但自己發送的夜月圖片的閃爍效果非常驚艷，這讓他自信滿滿。

——你這小子，肯定會感動得要死吧……

在黑幫的時候，手下們每次收到大哥傳來的簡訊時，都會說想到了父母，深受感動。手下們讚歎並問他從哪裡弄來那些圖片，金得八一向對於他們阿諛奉承的話深信不疑，暗自高興。

他翻看著相簿，想著是否要再發幾張圖片時，忽然想起下午因為害怕與崔世暻的關係變壞而感到焦慮的心情。他不過是個聰明的孩子，為何那時會擔心自己與崔世暻發生爭執或衝突呢？

可能是因為從崔世暻那裡得到了許多幫助？

不只是在學習上，從李美京搗亂了家裡之後，在許多方面都得到了他的幫助，如果沒有崔世暻會感到諸多不便，所以才會這樣？但是金得八最討厭看別人的臉色，他寧願忍受生活上的不便。

那麼，自己和崔世暻到底是什麼關係呢？金得八用食指敲打著床單。

把崔世暻當作手下，似乎又不大對……

下命令時感覺有點尷尬……

那是友情嗎？畢竟友情不分年齡。

對，就是友情，在平等的關係裡，相處久了自然會培養出緊密的情感，在同性之間，這種感情稱之為友情。

「真不知羞恥……」

現在居然還有了朋友，金得八覺得自己好像真的變成了一個平凡的青少年，感到滿意的同時，又自責嘀咕著自己沒有做到與年齡相符的成熟。

他為了讓疹子消退，不再胡思亂想，強迫自己入睡。

想到明天能順利出院，星期一就能上學，讓他滿懷期待，與稍早的輾轉反側不同，現在他嘴角泛起了微笑，很快就進入了夢鄉。

金得八雖然取代了宋理獻的靈魂，但他已逐漸適應高中生的生活。

崔世暻點亮了書桌上的檯燈，暫時把學習拋在腦後，開始玩起了手機，他穿著寬鬆的T恤，嘴角也隨之放鬆下來，手機螢幕上閃爍的是一張夜景晚安圖片。

「真可愛。」

發送者的喜好一如既往，但崔世暻的反應卻天差地別。

之前，收到假宋理獻發來那種像是人叔才會用的圖片時會感到煩燥，但現在崔世暻對於這些俗氣的圖片表現出了寬容的態度。

崔世暻花了一點時間翻看了過去和假宋理獻的對話，然後放下手機，拿起了筆。他輕鬆地閱讀了英文題目並解答了問題，但專注力未能維持太久，因為他的目光像被磁鐵吸引般地落在了書桌的第一個抽屜。

在黑暗中緊閉的抽屜裡，隱藏著一個祕密。

崔世暻像極了一個急欲挖掘抽屜祕密的人，他專注地觀察那個保管三人頭髮的抽屜。

然而，他抓住椅子的扶手以制止自己想要打開抽屜的欲望。

假宋理獻對鳳梨過敏，這一定是巧合。

這個世界上以低機率發生的事情非常多，許多被稱為奇蹟的事件一再發生，那些正是低機率成真的例子。

從每天報導全球各地發生的新聞來看，奇蹟並不稀有。無論是分開多年後才重逢的雙胞胎，還是中了樂透大獎的人。

因此，兩個完全不相干的人有相同的過敏，絕對是有可能的。

崔世暻懷疑假宋理獻和原來的宋理獻是同一個人，但只因為同時擁有三人的頭髮就隨便懷疑，那自己也太奇怪了，他努力說服自己這樣的懷疑太過瘋狂。

——我們說好了一起等待。

崔世暻的目的是等真的宋理獻回來，當假的宋理獻想要離開時，留住他並讓他定居在首爾，如果他想上大學，就幫他提高成績，經濟方面可透過母親營運的基金會獎學金進行資助。

然而，最重要的是，耐心等待且不追問，讓假宋理獻能夠信賴並依靠自己，期盼他日後親口說出真相，所以他才沒有在醫院對假宋理獻追問什麼。

崔世暻刻意將視線抬高，避免看到那個抽屜。

占據一半牆面的巨大窗戶被黑夜吞噬，崔世暻凝視著自己在窗戶反射出的蒼白臉龐，不知不覺間，他的目光穿透黑暗，定格在他房間下的花園。

夜色已深，只有沿著小徑設置的輔助燈亮著，那條穿越花園的小徑通往大門，崔世暻的目光隨之轉向那個方向。

他在這裡看不見的大門之外，見到了被雨淋濕的宋理獻，他只穿著一件薄睡衣，白皙的頸項清晰可見。

偶爾在和假宋理獻唸書時看到的頸項與此刻重疊，當感覺到那纖細的頸項線條很相似時，崔世暻決定不再多想，閉上了眼睛。

他最終沒有打開那個抽屜。

在下課前跟學生們轉達了幾件事情之後，鄭恩彩環視了教室裡的所有學生。

通常到這個時間，本該爽快地讓學生下課的班導顯得有些憂心忡忡，學生們則在課桌底下偷玩手機，忙著在聊天室交換訊息，他們熱切地討論班導遇到什麼事情時，鄭恩彩嘆了一口氣，學生們立刻裝作沒有在玩手機的樣子，隨後她開口問：「班上有沒有人聯繫得上在民？」

班上的同學異口同聲地回答：「沒有——」

洪在民的同伙都被拆開分到別班，三年一班中沒有和洪在民親近的同學，也沒有人願意費心去尋找連續兩天手機關機，無故缺席的洪在民。

教室變得一片寂靜，鄭恩彩強忍住想要嘆息的衝動，盡量用開朗的語氣大聲地說：「那麼，如果有誰能夠聯繫到在民的話，一定要告訴老師喔。」

那些不大可能私下和洪在民有聯繫的學生們，因為想早點回家，所以機械式地快速回答：「好——」

鄭恩彩露出了苦笑，趕緊讓他們放學，說：「班長，敬完禮後就下課吧。」

「起立，敬禮，謝謝老師——」

學生們一邊推椅子準備離開，一邊高聲回應，聲音大到淹沒了崔世暻的聲音，而金得八的目光始終停留在第四大排最後面洪在民的空位。

從約好一起唸書後，金得八和崔世暻總是一起放學。

起初是因為覺得分開去K書中心很可笑而形成的習慣，後來學習地點改到宋理巘家後，就變成了日常。

金得八在宋敏書遭遇綁架未遂事件後，基於安全考量讓自家司機在家待命，才會一起乘坐崔世暻家派來的車。

不管有沒有人看，金得八直接要司機把車停在學校大門的下坡處，但崔世暻和金得八不同，他選擇避開人群目光，車子在一條偏僻的小巷等待。走向那條有司機等候的小巷時，金得八不尋常地留意著崔世暻的表情，他似乎想說些什麼，但最終只是吸了吸空氣，直到看到巷尾的黑色轎車，他終於按捺不住，抓住了崔世暻的手臂。

「那個……」

崔世暻只是略帶疑惑地偏了偏頭，金得八像是犯了罪一樣避開日光，望向其他地方。

「我今天不能和你一起唸書了……」雖然說是一起唸書，但實際上是崔世暻單方面撥出時間輔導他學習，這使得金得八的聲音越來越小。

「為什麼？」六月的模擬考逐漸逼近，平時熱衷於學習的假宋理巘竟然說不能學習，崔世暻覺得意外問起原因。

他純粹因好奇而問，然而金得八卻開始摸後腦杓，抬頭望天，以各種方式逃避回答，在無奈之下才吐露真言。

「……我打算去找洪在民。」

崔世暻聽到這句話時，發出一聲嘆息，大概知道他在想什麼的金得八感到很沮喪。

「為什麼要關心他？」

「……就是啊。」

「他是宋理巘校園暴力的主謀，施暴、搶錢，宋理巘受到了極其嚴重的霸凌。」崔世暻說的正是金得八無法堂堂正正去找洪在民的原因。

「對，他是個幹了很多壞事的傢伙。」金得八沒有反駁。他讀過宋理巘的日記，清楚知道洪在民犯下的罪行。他這麼做不是想要原諒對方，而是他親身感受過無學歷者的辛酸，因此無法對洪在民視若無睹。

「……聽說他出席天數不夠，再缺席就不能畢業了，要拿到大家都有的高中畢業證書，出了社會才能生存，不是嗎？」

沒有經歷過的人是不會懂的，在履歷上多寫一行，待遇會多麼的不同。

金得八十幾歲時工作的工廠，只有高中以上學歷才會支付加班費，當時的金得八，每月有一半時間都是工作到早上才下班，因為年少無學歷，經常被侵吞加班費。正是因為這份苦楚，促使他想把洪在民帶回學校。

「我只是想讓他來上學，不會再多管閒事了。」

金得八也知道洪在民很壞，因為對宋理獻靈魂的愧疚，他選擇不過度干預，只要確保他上學，拿到畢業證書就好了。

如果能讓他待在學校好好教訓他，讓他後悔曾經欺負宋理獻，那就更好了。

然而，崔世暻對此顯得不大能接受，嘴角緊閉。金得八理解崔世暻的立場，不同以往小心地觀察他的反應，他擔心崔世暻會因為洪在民而讓他一個人學習，所以他緊張地盯著崔世暻，連呼吸都小心翼翼的。

當崔世暻看著宋理獻的眼色，發現假宋理獻打算偷偷後退去搭計程車時，立刻打開了車門，「先上車。」

「去找洪在民……」

「知道了，上車吧。你不是不知道現在的孩子們都去哪裡玩？」

雖然崔世暻的冷淡態度讓人討厭，但他說的是事實，金得八找不到藉口脫身，只能無奈地上了轎車。

上車後，崔世暻的態度依舊冷淡，總是笑容滿面的傢伙，此刻卻漠不關心地用手機給某人傳送簡訊。金得八感到抱歉，正襟危坐觀察崔世暻的心情，隨著時間流逝，他開始變得越來越煩躁。

——你輔導我學習，我當然感激，但有時候可能會為了某些原因而需要休息一天吧？如果不想一起去找洪在民，那就應該回家洗澡睡覺，自己跟過來後又不講話，真讓人感到不舒服，這種沒禮貌的行為到底是從哪裡學來的？

——會唸書就那麼了不起嗎？

金得八的脾氣變得越來越暴躁了，但是他不能對崔世暻發脾氣，畢竟那傢伙學業成績優異，而且金得八正在接受他的幫助。

於是，他將怒氣發洩在一直偷瞄後座的司機身上。

年輕的司機平時透過後視鏡偷看就讓人感到不悅，今天也不例外，因為搭乘的是崔世暻家的車，所以之前都忍下來了，但今天決定不忍了。

「請專心駕駛，不要偷瞄後座。」

司機以為他聽錯了，所以又問了一次：「什麼？」

「我說不要再偷瞄了。」

司機覺得看起來稚嫩的宋理巚很好欺負，所以當宋理巚發出斥責時，司機嚇了一跳。

然而，這只是開端而已。

「太吵了，請把音樂關掉。」

司機慌忙地關掉了連接到喇叭的藍牙裝置，當播放中的快節奏、吵鬧的流行音樂一停，抱怨如炸彈般爆發了。

「當司機不是應該考慮乘客的音樂喜好嗎？可以隨便就放自己想聽的音樂嗎？明知道崔世暻怕吵，還放那種音樂。」

「因為世暻少爺沒有說什麼……」

宋理獻瞪大眼睛，彷彿在警告司機不要再辯解，不然就饒不了你，司機像被踩了尾巴的狗般狼狽。金得八借助了司機用來偷看後座乘客的後視鏡，睜大了眼睛進行了反監視。

曾說宋理獻身上散發著魅惑之氣的荒謬言論，並隨心所欲播放音樂的司機，如今只敢直視前方專心駕駛。當他稍顯鬆懈，宋理獻就會像貓咪般露出銳牙，迫使司機維持姿勢，冒出一身冷汗。

崔世暻拚命想忍住笑，用手捂住嘴巴，終於忍不住側身倒下，額頭靠在宋理獻的肩上，肩膀抖動著。

「怎麼了？」

這傢伙剛才還一臉如吃了屎般的表情，現在正因忍笑而抖動肩膀。

金得八顯得有些茫然，當他想要擺脫肩膀上的負擔時，崔世暻抬起頭，眼中含著為了忍住笑意的眼淚。

「因為我喜歡你。」眼淚在他俊俏的側臉上閃耀，崔世暻斬釘截鐵地說道：「糟糕，我越來越喜歡你了。」

雖然不知道是什麼讓他心情變好，但當崔世暻開心地笑著說喜歡自己的時候，金得八也隨之心情舒緩不少。

「是啊，我也喜歡你，所以別再發脾氣了。」

男子漢就應該寬宏大量，不該斤斤計較。

金得八忘記了所有不快，大方地擁抱了對方，雖然對「喜歡」的理解各不相同，但金得八仍溫柔地安撫著擁入懷中的崔世暻。

❧ ❧ ❧

崔世暻跟學校同學們打聽，獲得了有人在明洞一帶目擊到洪在民的消息，於是轎車的方向轉向明洞。

該區域不只住戶眾多，還有許多遊客等流動人口，車子難以進入，崔世暻選擇在靠近大馬路的地方下車，然後讓司機回去。

在擁擠的明洞街頭尋找洪在民，猶如大海撈針，但因為崔世暻是為了與假宋理巘出來透透氣，所以沒有感到特別迷茫。

他打算假裝尋找洪在民，視情況考慮帶他去南山欣賞美景。

崔世暻猜測假宋理巘可能來自鄉下，認為他會對明洞的繁華感到驚奇，果不其然，假宋理巘對於逛街的興趣，雖然不及對足球或籃球那般熱衷，但也相當投入。崔世暻並不知道，其實黑幫金得八的靈魂重返明洞，正感受著久違的新鮮感。

為了尋找下落不明的洪在民，他們開始步行，當接近明洞的繁華街區時，原本偶爾可見的攤販開始變得密集。各種街頭小吃刺激著遊客的視覺和嗅覺，誘惑他們掏出錢包。

然而，在那麼多的街頭小吃中，遞到他面前的為何偏偏是一隻手指大小皺巴巴的蟲子，崔世暻感到驚訝。

假宋理巘用牙籤戳了一個蠶蛹遞了過來，開口說：「蠶蛹好吃吧？」

即使出於禮貌說好吃，崔世暻也擔心會被迫吃下，於是以淡淡的微笑搖頭回應。金得八發現這美食後立刻購買，想和崔世暻分享這份喜悅，當對方堅定地拒絕時，他帶著不滿地啃嚼著蠶蛹。

洪在民不大可能為了觀光而在明洞閒逛，他們轉而在舊店鋪緊挨的幽暗巷弄中尋找洪在民。

吃著蠶蛹並觀察四周的金得八，忽然被一個想法觸動，臉上露出了邪惡的微笑。為了掩飾那陰險的笑容，他咬緊嘴唇，突然遞出了裝有蠶蛹的紙杯，這讓崔世暻的眉毛不由自主地上揚。

「你如果吃了這個，我就答應你一個願望。」

金得八的性格不會強迫別人吃不喜歡的食物，但開玩笑就是另一回事了！光是看到崔世暻面露尷尬，就讓他忍不住笑了起來，那個總是帶著「親切笑容」的傢伙現在難得感到難堪，這讓宋理巘的笑容變得無比邪惡，簡直像個惡魔。

「……任何的願望嗎？」

以為會被拒絕的崔世暻，面露難色卻又略感興趣時，宋理巘便大聲疾呼：「嗯，我可以做到的話，什麼願望都可以。」

只有這樣堅定地承諾，才能夠動搖那些討厭蠶蛹的人，所以他大膽地作出了保證。稍後他才想到可能會被問及原來的宋理巘或金得八靈魂身分的問題，但他認為挑剔的崔世暻不會真的去吃蠶蛹，所以沒有撤回承諾。

崔世暻那認真猶豫的表情出奇地可愛，讓他忍不住笑了起來。當他打算收回紙杯結束這場惡作劇時，崔世暻卻快手地搶走了紙杯，將裝滿蠶蛹湯汁的紙杯捏扁，把尖銳的杯角放到嘴邊，仰頭一飲而盡。

這一幕發生得非常快。

「喂！崔世暻！」

雖然試圖搶回紙杯，但身高差異讓他無可奈何，崔世暻利用他的長臂將宋理獻的頭推開，隨後把頭轉向一邊，發出了響亮的吞嚥聲。經過幾次吞嚥，他把空的紙杯倒過來晃了晃，當只有蠶蛹的湯汁滴落時，他得意地笑了起來。

「遵守約定，呃——」本來笑得很開心的崔世暻，臉色突然變得蒼白，趕緊用手摀住嘴巴。

路過的行人不約而同地偷瞄著長椅，崔世暻大白天地躺在長椅上，隨意伸展著長腿，用前臂遮住眼睛，激起了路人的好奇心。

其實，他只是因為吃了蠶蛹受到了衝擊而昏倒。

剛從便利商店回來的金得八，用買來的礦泉水輕敲了崔世暻的前臂，催促道：「喂，起來。喝點水。」

崔世暻奄奄一息地低聲說：「我肚子不大舒服……」

金得八在他額頭輕輕彈了一下，然後說：「誰讓你全部吃光了？吃一個就好，哪有人傻到全吞下去？你有咀嚼嗎？」

想了又想，金得八還是覺得氣憤不已，便開始責備對方，原本以為崔世暻只會吃一、兩個，沒想到他會無聊到全部吃光。

金得八擔心崔世暻因為想追問宋理獻和他靈魂的事，才堅持吃下去，因此試圖隱藏自己的不悅，虛張聲勢地問道：「所以，你的願望是什麼？」

這次崔世暻做得太過頭了，不可能再像往常那樣敷衍了事。

當崔世暻從眼角把手臂放下，看到他那充滿期待的眼神，果然是因為有目的而吃下蠶蛹，金得八甚至萌生了直接打擊他的腹部，讓他吐出蠶蛹以取消願望權的荒謬衝動。

宋理獻的棕色瞳孔因緊張而收縮。

「陪我玩吧。」

不過，當崔世暻帶著近乎傻氣的天真笑容說出這樣的話時，讓人完全放鬆下來，不由自主地變得毫無防備。

「天哪，為了這點小事你就硬吞了那個你討厭的東西？」在風聲中，金得八拉起崔世暻的手，讓他站了起來。

「喂，起來。我們走吧。」

一旦放鬆下來，剩下的戒心就會變得不堪一擊。

金得八沒有拒絕對方的親密搭肩，他沒察覺崔世暻正逐漸滲透他的防線。

第七章

嗯，因為我知道你會保護我

崔世暻帶著假宋理巘去的地方是遊樂場。

金得八原本暗自期待去班上女生說的密室逃脫咖啡廳或是ＶＲ體驗館，見到是遊樂場後有些失落，不過遊樂場懷舊復古的裝潢風格，讓他很快就陷入了回憶之中。

「好久沒來了。」

金得八在入口處的架子上發現了一九八八年奧運的吉祥物小虎仔（Hodori）[7]玩偶時，引發了他的懷舊之情。

頭戴傳統農夫帽，頸掛奧林匹克五環的老虎玩偶，無論是在當時還是現在，討喜的模樣都沒有改變。

「哎呀，那時候我可真是吃了不少苦頭……」

人們經常將過往美化，但那個時代沒有什麼值得美化的。

金得八是在一九八八年奧運會前幾年來到首爾，起初身上有點錢，但經歷過流落街頭和孤兒院的生活後身無分文。

擔心自己會餓死的時候，因為籌備一九八八年奧運會，工作機會增加，金得八僥倖找到了一份工廠的工作，雖然薪水微薄，待遇極差。

在那個不大注重勞動法的年代，侮辱人格是日常，動不動就會發生積欠工資或玩弄津貼的情況，特別是對未成年且無學歷的金得八來說，這樣的不公對待尤其嚴重。

他原本應該用青春作為本錢追逐夢想拚搏，但金得八卻在他成為青年之前，在工廠裡耗盡了他的青春。

——如果是現在的我，絕對不會坐以待斃。

那時候為什麼會愚蠢地被欺負呢？

不過，他當時真的太窮，害怕到連一枚硬幣都捨不得花，金得八想起了悲慘的少年時期，只要聽到硬幣滾動的聲音就會迅速轉頭去撿的日子，當真的聽到硬幣的聲音時，他驚訝地回頭看去。

用一萬元換了一堆零錢的崔世暻，拿著一枚五百元的硬幣搖晃。

金得八站在一旁，手指著排成一列的遊戲機，說道：「喂，這些遊戲我不會玩。」

坐在鋪著人造皮革的凳子上，操控著搖桿和按鈕的遊戲機臺中有泡泡龍、大蜜蜂、雙截龍、快打旋風等遊戲。

「這樣嗎？」崔世暻尷尬地搔了搔臉頰說：「我也不大會玩。」

「那你為什麼來這裡？」

「我以為你會喜歡。」

金得八搓了搓起雞皮疙瘩的手臂。

雖然知道崔世暻很敏感，但他的直覺超乎尋常，簡直到了被神附體的程度，讓人嘖嘖稱奇，光是靠對話就能猜出金得八的年齡。

注釋⑦　小虎仔：一九八八年第二十四屆漢城奧運會的吉祥物是一隻名為「小虎仔」（Hodori）的老虎，由Kim Hyun先生所設計。老虎在韓國的傳奇文學及民間藝術中是家喻戶曉的動物，Ho代表韓文中的「虎」，dori則表示雄性的、小的。小虎仔頸戴奧林匹克五環，頭冠傳統農夫帽，而從頭向下旋轉的S形彩帶則象徵第二十四屆奧運的主辦城市首爾（Seoul）。

其實，崔世暻並不是真的知道金得八的靈魂和年齡，他只是記住了金得八平時說的話，推測他可能喜歡復古風，所以才將他帶到了這個地方。

這絕對是金得八那個年代的大叔們會熱情投入的遊戲，如果金得八正常成長，也許會玩過這些遊戲。

但金得八在那個年紀時，要麼在鄉下割草、要麼在首爾站露宿，或是逃離虐待兒童的孤兒院，或是在工廠中忙於勞動，根本沒有機會接觸這些遊戲。

連金得八也覺得自己的人生沒有希望，正是這種絕望讓他淪為無可救藥的黑幫分子。人生的低谷尚且能忍受，但持續的精神崩潰卻讓人無法招架，於是他帶著一種放棄的心情加入了黑幫。

金得八將自己命運多舛的原因，歸咎於自己是一個沒有受過教育的無學歷者。

——唉，那個時候不管怎麼決定都是死路一條。

金得八努力忘掉那讓人絕望的人生，認真觀察遊戲機臺，終於發現了一款他知道的遊戲，「俄羅斯方塊我會，你會嗎？」

他的年輕小弟們曾因沉迷於網絡遊戲而買了電腦放在宿舍。當時大家分房同住在一個屋簷下，這些小弟便向金得八推薦遊戲，連開機都不會的金得八試圖拒絕，但他們卻堅持教會了他。

連雙擊滑鼠都不會的金得八，就這樣踏入了遊戲的世界。

不同於小弟們常玩的 Matgo、Go-stop[⑧]、撲克等遊戲，他沉迷的是那具有魔力的俄羅斯方塊……

「我會。」

「那坐下。」

這樣的話，就無須多言。

金得八俐落地先選了一個遊戲機臺坐下，在他伸展手指熱身的時候，崔世暻已經坐在另一個機臺前面了。

看到崔世暻在遊戲機臺投入硬幣，金得八也跟著投入硬幣，然後俯身貼近操控搖桿，螢幕上映出了宋理獻那狡猾的笑容。在前世，金得八總是在俄羅斯方塊保持第一名，他不知道其實是小弟們故意輸他好讓他高興，當金得八以為有機會贏崔世暻的時候，他感到非常興奮。

——他還是個孩子，得手下留情。

即使心裡這麼想，金得八的眼睛卻因久違的求勝欲而閃耀著光芒。

歡樂的開場音樂響起，宋理獻纖細的手指靈巧地操作著搖桿和按鈕，目光追隨著落下的方塊，眼中閃爍著光芒。宋理獻迅速的反射神經完美地體現了金得八的策略，讓他確信勝利就在眼前。

畫面中的方塊整齊堆疊著，越來越激動的呼吸聲，彷彿已經吹響了勝利的號角。

然後，金得八怒吼了起來：「再玩一次！」

注釋⑧　Matgo、Go-stop 都是兩人或三人玩的韓國花牌遊戲，規則類似撲克牌的撿紅點，計分方式則類似麻將。

勝利者是崔世暻。

在連續的敗北面前，宋理巘不願認輸，眼中充滿血絲，當他展現想要將五萬元鈔票換成硬幣的瘋狂行徑時，崔世暻便拉著他離開了遊樂場。

宋理巘不願就此認輸，拚命抵抗，想繼續遊戲扳回一城，但最後覺得自己的行為太過丟臉，所以含著淚離開了遊樂場。

晚餐在一家有名的餃子館享用了豐盛的刀削麵和餃子後，宋理巘才終於忘記了俄羅斯方塊，撫摸著自己的大肚子。

他思考著接下來要去哪裡，調整了背包帶，掛在一側肩膀上，環視四周。

這時，剛從店內走出的崔世暻輕拍了他的肩膀，「要去南山嗎？」

願望券已用於遊樂場，南山不是非去不可，但宋理巘還是點了點頭。

畢竟天色已暗，難以辨識人臉，今天不再尋找洪在民似乎是更好的選擇。

「走路去，順便消化。」

走在夜晚的街頭，閒聊著去南山看夜景之類的無聊話題時，突然間傳來了打鬥聲。若不是特別留意，那細微的聲音幾乎聽不到，但宋理巘已經聽見了，而且那些微小的打擊聲逐漸和尖叫謾罵聲混合，聲音逐漸變大。

宋理巘停下來尋找聲音來源，那是位於民俗酒館和烤肉店之間的小巷，在兩旁有著明亮招牌映照的小巷裡，正上演著一場街頭鬥毆。

崔世暻拉住了宋理獻的手臂說：「別無端被捲入，我們走吧。」

然而，宋理獻在漆黑之中持續觀察，乍看之下好像大家在亂鬥，仔細一看卻是多人圍毆一人。

當對面街道車輛的車頭燈照過來時，鬥毆中人們的臉孔被照亮，在那些被光線掠過的臉孔中，發現了一張熟悉的面孔，宋理獻立刻大聲喊叫：「洪在民！」

他扔下背包，飛奔進入小巷。

因為叫喊聲而稍作停頓的毆打，沒有因宋理獻的衝入而暫停。

被踢中一腳的洪在民，腳步踉蹌地撞到牆上，因為宋理獻出現，受到影響的反而是洪在民，不是施暴的那群人。

和之前勇敢抵抗不同，洪在民對接連不斷的毆打束手無策，腹部受到重擊的洪在民彎下了腰，實質上，這場打鬥已經等同結束，一旦露出弱點那就意味著失敗。

洪在民倒地，一輪無情的腳踢正要來臨之際。

「喂——」

砰的一聲，巨響在狹窄的巷子裡迴盪，在小巷中堆得高高的酒箱應聲倒塌，空酒瓶撒落一地，空瓶碰撞的刺耳聲音讓正在毆打洪在民的一幫人停了下來。

他們皺著眉頭，目光落在弄倒酒箱的宋理獻身上，眼神凶悍地瞪著的宋理獻，嘴裡咒罵著。以為是洪在民的同夥來了，但看到一張從未見過的稚氣臉孔獨自生氣，他們一開始感到驚訝，但隨即忍不住笑了起來。

「怎麼了？你這傢伙是小弟嗎？」

「看他的校服，應該沒錯。」

這群穿著附近高中夏季制服的少年，立刻認出了宋理獻穿的是哪一所學校制服，彷彿成了派系的標誌，他們隨即開始嘲笑宋理獻。

「瞧瞧他的眼神，嚇死人了。」

「你幾年級了？一年級嗎？」

哈哈哈，笑聲四起。

宋理獻體格雖然壯碩，但穿上整齊的校服後顯得稚嫩，不具威脅性，反而像一隻吠叫的小狗，引人發笑而放下戒心，那群人忙著取笑宋理獻，把洪在民給忘了。

抱著肚子蹲著的洪在民，忽然跳起來揮出一拳。

「趁我們願意放過你時，趕緊走吧——噢！」

在那一瞬間，尖叫聲成了行動的信號，宋理獻也躍過了散落一地的酒箱。

「你們這些傢伙！」

「給我打！」

在突如其來的反擊中，一個傢伙的臉頰被宋理獻的拳頭擊中。

被那看起來毫無威脅的拳頭打中後，他發出哀嚎，立刻捂住被打的臉頰，想要反擊但沒有機會，「呃……」

宋理獻不給對方喘息的機會，猛踢了那傢伙的小腿，當對方彎腰抓自己的小腿時，宋理獻用肘部狠狠地擊打他的背部，將力量集中於背部某一點後猛力重壓，疼痛的感覺就像是背部被穿透一般。

「唔嗚！」

在踹開那個蜷縮著的傢伙時，另一個人衝了上來，抓住了宋理巘的衣領，宋理巘也回手抓住了對方的。

雖然兩人都抓住了彼此的衣領，但抓法卻有著顯著的差異，不同於笨手笨腳的高中生，宋理巘抓住校服襯衫後扭成漩渦狀，絕對不會脫手。

宋理巘從手臂至背部的肌肉隨著力道的加強而變得緊實，他彎曲膝蓋，腳尖著地，運動鞋的底部形成半圓。

當橡膠鞋底與水泥地面摩擦時產生了焦臭味，宋理巘轉身揹起那個傢伙，背部肌肉隆起，校服襯衫被拉得很緊。

瞬間被宋理巘揹起的那個傢伙，一感覺到腳懸空，便驚恐地瞪大了眼睛。

「哦，哦……哦？」還來不及適應瞬間急變的視野，那傢伙就已經飛過空中，重重地摔在地上，「唔！」

砰！地面發出巨響。

被摔在地上的少年因為背部劇痛倒抽了一口氣，漆黑夜空盡收眼底，讓人有種不真實的感覺。

下一秒，運動鞋的腳後跟狠狠地踩在那傢伙的胸口上，「嗚！」

宋理巘用全身的力量踩在躺在地上的人身上，突然他一躍而起，一腳踢向一旁不知畏懼為何物而衝上來的人，被踢飛的人瞬間倒地不起。

宋理巘又對另一個衝上來的人揮出了拳頭，那人被打中臉後踉蹌後退，即使嘴角流血，又再次衝了上來，但宋理巘的拳頭又一次精確地擊中了相同的部位。

跟這些經常打不準的高中生不同，宋理巘的拳頭無比乾淨俐落，直擊對方要害，他有豐富的夜間街頭打鬥經驗，經過無數次的打鬥，他學到了夜晚要靠視力之外的感官來應對，因此他變得極其敏銳，能夠輕易捕捉到隱藏於黑暗中的身影。

後頸的細毛瞬間豎起，宋理巘對準那個從後面偷襲的黑色身影，猛烈地揮出拳頭，在僅有的光線中，棕色虹膜內的黑色瞳孔迅速擴張。

鏗鏘！

被宋理巘用手肘擊中背部的少年，手裡拿著對牆壁砸碎的啤酒瓶，那是宋理巘出現時從酒箱中滾出來的空瓶。

「幹！混帳！」

玻璃的破碎聲和隨之而來的咒罵聲，讓巷弄中的人們都停止了動作。

對方拿著破碎的酒瓶，對著宋理巘大喊：「別動！」

閃爍的眼神中流淌著狂氣，碎裂的啤酒瓶尖銳邊緣發出閃光。

如拋棄無用之物般，宋理巘鬆開了他抓住的衣領，然後冷靜地向後退了一步，當他看見洪在民準備從背後介入時，宋理巘和他對視，並舉手示意他不要動。

宋理巘開口制止了揮舞啤酒瓶的那個傢伙：「你會受傷的，把它放下。」

「你誰呀？來這裡亂搞什麼！」

溝通無效。

青少年這個階段，往往會將自我與群體視為一體，宋理獻一個人就讓他們的同伴陸續倒下，他們因此有了危機感。

「跪下！我叫你跪下！」

對方揮舞著啤酒瓶向宋理獻逼近，在宋理獻後退的同時，日光也緊緊地鎖定在那破碎的啤酒瓶上，一旦對方靠近，就側身避開並攻擊他的手腕。

近戰雖然有被割傷的風險，但對手無寸鐵的宋理獻來說，這是讓對方放下啤酒瓶不造成傷害的唯一辦法。

就在宋理獻微動乾燥的嘴唇，伺機側身閃避的瞬間，一只背包從身後飛來，擊中了那個手拿啤酒瓶的人的臉。

「呃！」

被崔世暻丟出的背包擊中的傢伙，慌亂地朝四周揮舞著碎酒瓶。同時，宋理獻的襯衫後領被突然地抓住並向後拉，有人伸腳踢了那個拿著碎酒瓶傢伙的腹部。

「媽的……混帳！」

失手讓啤酒瓶從手中滑落，男人在地上摸索著，他眼神渙散，似乎失去了理智，然而踢他一腳的崔世暻，只是將宋理獻藏在自己身後。

被路過的車燈瞬間照亮的崔世暻，臉上帶著笑意，嘴角微微上揚——只拿著破啤酒瓶進行威脅，也太幼稚了。

有時候，瞬間的表情或動作比露骨的嘲諷更令人感到羞辱，此時崔世暻的笑容正是如此。好不容易才找到並抓住啤酒瓶站起來的少年滿臉怒氣，似乎隨時會撲上來。

就在他打算撲向崔世暻，運動鞋的鞋底刮擦地面的時候。

最開始腹部被踩後倒下的傢伙連忙阻止說道：「不要動手！」

「別惹崔世暻，他爸是檢察官。」

他好像認識崔世暻，當他扶著牆站起來時，準確無誤地提到了崔世暻的個人情況。在這個教育制度均質化的地方，學生們多來自幾所相同的學校，巷弄中的孩子們往往來自同一所中學，雖然沒認出變了樣的宋理獻，但崔世暻卻不同。

「啊……」崔世暻也認出了他，想叫出名字，但卻想不起來，原本微張的嘴唇很快就變成了燦爛的笑容。

崔世暻對久未見面的同學熱情地打招呼：「你好。」

崔世暻對所有人都很親切，更準確地說，他很懂得如何裝出一副親切的模樣，連他不喜歡的人，他也會親切地稱呼，對於那些他記不起名字的同學也是如此。

「你好？這種狀況下你好個屁，神經病……」洪在民代替那些被宋理獻打倒在地的人表達了心聲。

一個不適合當下緊張氣氛的微笑，足以讓人喪失鬥志。

崔世暻的介入意味著衝突的結束，因為若涉及他的話，後果會很嚴重，沒人敢對崔世暻動手並賠償損失。

那群人不想惹出自己承受不了的麻煩，於是咒罵著倒霉，先離開了小巷。

「呸——」留在巷子裡的洪在民，不斷吐著口水，直到口乾舌燥，他藉此來拖延時間，都已經一起打過架，不打個招呼就離開好像不大禮貌，但其實，洪在民內心期待宋理巚主動和他說話。

「你又不會打架，乖乖地躲在我背後就好，幹麼跑出來？」

「嗯，因為我知道你會保護我？」

「喂，哈……算了，以後就乖乖地待著。」

然而，宋理巚只擔心最後才加入打鬥的崔世暻。

在洪在民眼裡，崔世暻先是卑鄙地躲了起來，到了最後加入才終止了衝突，但這一切都是借助父母的勢力。

洪在民覺得宋理巚之所以不擔心自己，是因為自己沒有出身顯赫的父母，他不滿地噘了噘嘴，連謝謝也沒有說就離開了巷子。

洪在民一直在心裡咒罵：好吧！就祝你們倆沒好日子過。

一走到大路邊，迎面而來的是點綴著黃色街燈的寬敞街道，洪在民找到了他因打架而匆忙停放的摩托車，但機車不在他停放的位置，而是倒在離這有點距離的路邊。

「啊！該死，是哪個混蛋做的！」

洪在民極其珍愛的運動型摩托車，是他用打工幾個月攢下來的錢買的。

當一輛汽車險峻地從旁邊呼嘯而過時，他急忙跑了過去，扶起機車並拖到人行道。機車因外力撞擊而倒下，車身上留下了一道顯著的刮痕，而且與地面碰撞的側鏡也斷了。

「哇，幹……這摩托車很貴耶！」

洪在民寧可挨餓也要為自己的摩托車打蠟，他急切地四處尋找那個逃逸的肇事者，以一種幾乎能從眼中射出光束的氣勢，懷疑著每一位無辜的行人，這時他發現了從巷子走出來的宋理巘和崔世暻。

眼神對視後，洪在民刻意地轉過頭，裝作沒有看到。

宋理巘走向他，模仿著學年主任的口吻說：「高中生騎什麼摩托車。」

「……我有，摩托車駕照。」

崔世暻微微張開嘴說：「居然有駕照，真讓人意外。」

從那純粹的驚訝表情看來，是真的很意外。宋理巘也以相似的表情表示認同：「就是說啊，長得一副會無照駕駛的樣子。」

洪在民像野獸般皺著眉頭低吼：「你們追過來是故意找碴的嗎？」

但不管是覺得無聊玩手機的崔世暻，還是手插在褲袋裡，表情冷淡的宋理巘，兩人顯然都不怕他，這種被冷落的感覺讓洪在民感到錯愕。

洪在民那副變得愚蠢的臉似乎相當逗趣，宋理巘忍不住笑了出來，然後說明了自己的來意：「那個，我是要你回學校上課才來的。」

「……」

「為什麼沒來學校？」

洪在民不去學校已經不是什麼新鮮事了。

國中時第一次無故曠課，心臟還會怦怦跳，現在已經可以隨心情決定是否逃學，不去學校對他而言並不算什麼大事，就算沒有特別的理由，也可以不去學校。

但這兩天洪在民缺席的原因，是因為宋理獻。

站在學校大門前的洪在民，因為宋理獻的警告和崔世暻的嘲笑而停住了腳步。進教室面對他們讓他覺得不舒服。

每當被指責過去的行為時，他都無法反駁，只能默默承受，這讓他感到羞恥，因為他們說的每一句話都是對的。

最終，洪在民選擇了逃避。

洪在民因宋理獻在學校外面游蕩，好巧不巧在打鬥中得到了宋理獻的幫助，而且，也是宋理獻到處找他，要他回學校上課。

他以為對方已經完全背棄他，但宋理獻主動伸出援手，讓他感動不已。

在街燈照耀下，洪在民因感動而濕潤的眼睛泛著光芒，不知情的宋理獻再次給予了忠告：「回學校上課，你在學校想幹麼我不管，但至少要拿到高中畢業證書，不然你以後會後悔的。」

然而，洪在民不善於表達自己的情感，漫無目的地在街上遊蕩，讓他感到身心俱疲，現在的他很容易被觸動，不想讓別人發現他想哭，於是情緒化地反駁：「……別管我！你省省吧！誰讓你操心了？」

「什麼？」

宋理獻緊握拳頭，薄眉輕輕顫動。專程來找洪在民，結果他說話的態度讓人失望，讓宋理獻感到不快。

本想就這麼算了，但按捺不住的宋理獻指向了洪在民的摩托車，「這輛摩托車裡我有多少股份？是不是湊上從我這裡搶走的錢買的啊。」

「……」

洪在民怕摩托車被搶走，急忙跳上了座位。

——看他那急忙逃跑且沒有否認的模樣，看來我說的沒錯。

金得八不是會輕易放過他的人，「不會吧，你從我這裡搶走的錢只買了這個？」

洪在民一時忘記了自己所處的情況，突然勃然大怒道：「不是全部啦！還有用我打工賺的錢！」

「不管怎樣，有一部分是我出的錢，把兩個輪子交出來。」宋理獻不是隨口說說，當他伸手要去抓前輪時，洪在民嚇得眼淚都收了回去，他餓著肚子都要悉心呵護的摩托車輪子快要被拆掉了！那一刻，所有感動都瞬間化為烏有。

洪在民腳踩在地面，嘗試將摩托車往後推，邊推邊怒吼著：「你瘋了嗎？瘋了！完全瘋了！」

「瘋的是你，臭小子！如果想騎摩托車，怎麼不騎小綿羊機車就好，幹麼非得騎這種運動型摩托車四處狂飆？」

宋理獻似乎很清楚如何拆解摩托車的輪子，這讓洪在民極度恐慌，發出了哀嚎。

「不要碰它！我說了不要碰！我已經警告過你了！如果發動……你會受傷！」

洪在民大吵大鬧，試圖用發動摩托車來阻止宋理獻拆輪子，但這時宋理獻又發現了一個他看不慣的地方：「你的安全帽呢。」

騎在摩托車上，用一條腿支撐著地面以穩住傾斜摩托車的洪在民，不只沒有戴安全帽，其他安全防護裝備也都沒穿，只穿著短袖T恤和紅色運動褲。

洪在民一副輕蔑又自信的態度，簡直就是「無知近乎勇」的典範。

「那麼俗我才不用。」

青少年的莽撞竟然可以這麼無知與魯莽，金得八驚訝得說不出話來，隨即被崔世暻拉著離開。

一直不以為然地旁觀的崔世暻，似乎找到機會，輕聲說道：「理獻啊，在民好像下定決心要送死，我們就不要攔著他，走吧。」

「……你這傢伙每句話都在找碴！」

從洪在民的無知所帶來的震驚中恢復過來的宋理獻，攔下了衝過來想抓住崔世暻衣領的洪在民，同時拿出了自己的錢包。看來趕緊讓這個沒救的洪在民離開，對自己的心理健康會更好。

「喂，你坐計程車回家吧？騎摩托車出了事，你父母會多擔心啊！孩子受傷，父母的心裡可不好受，懂嗎？」

看他那副落魄的模樣，顯然是因為離家出走而連飯都吃不上，於是取出了幾張綠色鈔票，打算給他車費和一點零用錢。

金得八曾收留不少這樣的流浪少年，供他們吃住，從中知道這些孩子一旦沒錢，就容易陷入犯罪的誘惑。

當問及犯罪動機時，經常得到「因為餓了」這樣的回答，對深知饑餓之苦的金得八來說，這樣的藉口讓他格外難過。

金得八知道自己這樣做崔世暻會不高興，卻還是裝作不知，他擔心給太多錢會被濫用，拿出了適當的金額遞給在民。

本以為洪在民會欣然接受，但他反而把頭轉向了路邊，從他嘟起的嘴和側臉可以明顯感受到他很不滿。

金得八納悶這孩子又對什麼事情感到不滿，在心裡默念三次要忍耐。

「……我沒有。」

「什麼？」

他因為沒有聽清楚而再次詢問，洪在民卻忽然大發雷霆：「我說我沒有父母。」

天底下沒有人是沒有父母的，但洪在民不願將那個把辛勞賺來的錢揮霍在酒上的父親，或是因父親的暴力經常離家出走的母親，視為自己的父母。

「他媽的，你根本什麼都不懂……幹，有點臭錢就瞧不起人……」

宋理巘怎麼可能知道這些苦衷，但在宋理巘的目光下，洪在民覺得自己想要隱藏醜事都被揭露了，他低頭望著馬路，嘴裡吐出了比平常還要惡劣的詛咒。

宋理巘忍不住想嘆一口氣，胸膛因吸氣而膨脹時，洪在民感到害怕，不由自主地畏縮了起來。宋理巘感受到緊張的氛圍，於是強忍住即將逸出的嘆息，然後強行把洪在民從摩托車上拉下來。

「跟我來。」

需要修理的摩托車被送往附近的修理廠，他們則是搭乘計程車來到宋理巘家門口。當車子進入豪宅地段，雖然還在首爾範圍內，但透過窗外景觀的變化，已經能感受到住戶的富裕程度。

在計程車內，洪在民一路上都在抱怨，試圖掩飾自己的自卑，當親眼看到那棟住宅時，不自覺地吐露了內心真實的感受。

「這房子超讚的……」

「嗯，很讚。」

「他媽的，不懂謙遜的傢伙。」

洪在民怒視著正在輸入大門密碼的宋理巘。

不知為何崔世暻也跟著來，還冷笑了一下，洪在民想要追上去給他一腳，結果意外踩到了庭院的草坪。

庭院裡鋪滿了綠草，圍牆邊種滿了樹木，因為沒有開燈，讓這裡略顯陰鬱，但對洪在民來說，這景色美得令人眼睛為之一亮。在昏暗的庭院中獨自閃耀的住宅，看起來不像是家庭住宅，倒更像是一座既寬敞又氣派的畫廊。

洪在民走進貼滿奢華壁紙的玄關之後，果然宋理巘和崔世暻都是出生於理想的家庭，過著美好的生活。

因為被行為變得不一樣的宋理巘斥責而產生的愧疚感，在這一刻消失殆盡。

「啊啊呃——」

忽然聽到女人的尖叫聲，讓洪在民驚呆了，宋理巘和崔世暻則立刻衝進屋裡。

「夫人，請您冷靜下來！夫人！」

「別管我！就讓我一個人吧！啊啊！」

「大叔，快點抓住夫人！」

「夫人，請您別這樣！」

「別管我！就讓我一個人吧！」

在玄關動彈不得的洪在民，等到事態平靜下來才敢走進屋內，他悄悄地走進客廳，看到那位尖叫的女人倒在宋理獻的懷裡哭泣。

不知道發生了什麼事的洪在民小心翼翼地說：「那個……」

這時客廳中的所有人都轉頭望向洪在民，瑞山大嬸和司機那陌生的目光已經夠尷尬，更別說宋理獻懷中那哭泣的女人也盯著他，他感到恐懼，全身起了雞皮疙瘩。

宋敏書滿臉淚痕，瘋狂地尖叫，她無神地盯著洪在民，突然間面露喜色。

「會長！」

宋敏書突如其來地爆發出怪力，推開了宋理獻。

「會長……您怎麼現在才來！」

「哎喲，夫人！他不是會長，他是理獻少爺的朋友！」宋敏書一時神志不清，把洪在民當作會長並準備撲上去時，瑞山大嬸嚇得急忙上前阻止。

宋理獻從後面抱住宋敏書，然後請崔世暻幫忙：「你先帶洪在民上樓。」

「嗯。」

在宋理獻努力安撫讓宋敏書冷靜下來的時候，崔世暻趕緊拉著因震驚而動彈不得的洪在民上樓。

宋敏書試圖抓住即將消失在二樓的洪在民，她的哭聲緊隨其後。

這棟樓中樓結構的住宅，內部裝潢的時尚感不亞於外觀，但洪在民已無心欣賞。

——那個看起來像幫傭的阿姨稱那位女士為夫人，她說我是少爺的朋友，那麼那個女士是宋理獻的母親嗎？披頭散髮看到跟自己兒子同齡的男孩衝上去叫會長，這個女人很明顯不正常。

——宋理獻的母親……她瘋了嗎？

洪在民突然驚覺，自己竟然覺得習慣性離家的母親比較好，這讓他感到震驚。

崔世暻剛好在那一刻叫住他：「在民啊。」

「喔！」

洪在民以為自己的想法被發現，嚇得跳了起來，看到崔世暻正在門口等著，他反應過來，這才走進了宋理獻的房間。

進房後關上門的崔世暻卸下背包，開始整理書桌，看來宋理獻昨晚唸書唸到睡著，瑞山大嬸未能及時整理，導致題本四處散開，一片混亂。

崔世暻經常進出宋理獻的房間，對這裡很熟悉，輕鬆地完成了整理。

洪在民因為沒有事情做尷尬地站著，後來就隨便地半坐在床邊，而崔世暻一邊把題本放回書架，一邊開口說話：「嚇了一大跳吧？」

這隻小狐狸居然也會擔心別人，不過洪在民卻是懷疑多於感激。

「你以為只有你最不幸，理獻也很不幸。」

——果不其然，這小子怎麼可能會擔心我。

洪在民瞬間覺得自己真的是瘋了，對著崔世暻的背影譏諷：「……喂，你不回家嗎？為什麼跟到這裡找碴？沒事做嗎？」

「在民啊，我很好奇你是怎麼想的，怎麼會跟著來理獻家。」

「是宋理獻拉我來的。」

「通常，加害者就算感到抱歉，也會盡量不去受害者家中吧？」

崔世暻總是在情況對洪在民不利的時候，提起他校園霸凌的過去，這讓處於劣勢的洪在民氣得咬牙切齒。

「你不會因為理獻改變了，就想要重新開始吧？」

「……」

洪在民的沉默被解讀為肯定的回應，崔世暻轉頭看向他。

他那秀氣的眼角輕輕皺起，宛如被熱茶融化的糖果，露出一個清新又甜美的笑容，

「在民啊，我喜歡你。」

整理好的崔世暻坐在書桌上面向在民，用他那俊俏的臉龐溫柔告白，即使是討厭他的在民也稍微被打動。

然而，崔世暻特別擅長笑裡藏刀，他笑著直言不諱地指責在民：「你既沒良心，也不知道什麼是羞恥，臉皮比牆還厚，欺負你這種壞蛋也不會感到抱歉。」

「你這個傢伙！」

不擅長言詞反擊的洪在民抓住了崔世暻的衣領，對方也反擊抓住了洪在民的衣領，因

為宋理巚不在場，崔世暻也無需忍耐了。當慣於退讓的崔世暻挺身而戰，洪在民開始顯得畏縮，就在此時，門突然被打開。

發現這兩個人似乎要打架，宋理巚眨了眨眼，問道：「你們在幹麼？」

「哦，理巚，那個……」

他可能太累了，沒有力氣聽下去，只是隨意揮了揮手，如果是原來的宋理巚，可能會擔心洪在民在學校散播他母親的事情，但是金得八並不會因為宋敏書而感到羞恥，所以完全不在乎被人知道。

反正，就算有謠言，那散播的人最終也會被他的拳頭解決。

就像下班回家的父親解開西裝領帶一樣，宋理巚一邊解開校服襯衫的扣子，一邊唸叨著：「我累了，你們別吵架了。」

崔世暻推開洪在民，轉而去關心準備換下校服的宋理巚。

「你母親還好嗎？」

「嗯，她睡著了。好像是晚餐後沒吃鎮定劑。」

他們對宋敏書的發作已經司空見慣，簡短的對話後就轉換了話題。

宋理巚態度自然地接過崔世暻從衣櫥裡拿出的T恤，然後問了他今晚的打算：「你也要留下來過夜嗎？」

「嗯。」

當洪在民準備要說出如果崔世暻留下來過夜，他就會離開的時候，脫掉穿在校服裡T恤的宋理巚，忽然叫住了他：「喂，被嚇到了吧？」

洪在民看到他脫下白T恤後露出的白皙肌膚和緊實肌肉時，驚訝地張大了嘴，但當他發現宋理獻側腰上那個花生形狀的模糊疤痕時，便轉開了視線。

「……沒有。」

宋理獻沒有注意到自己側腰的疤痕，以為洪在民轉開視線是因為不想看到男性的裸露身體，於是他拉下了正穿過頭部的T恤下襬。

「吃過飯了嗎？」

「……」

這時，為了省錢沒有吃晚餐，午餐也只用幾片麵包充饑的洪在民，還來不及回答，肚子裡便傳出了響亮的咕嚕聲。

洪在民十九年的人生中，他第一次見到能稱之為「豐盛到桌腳斷裂」的飯菜，他不知道宋理獻說了什麼，但即使過了晚餐時間，瑞山大嬸仍然準備了一桌豐富的菜餚。

洪在民不敢相信，眼前冒著熱氣的飯菜真的是為他準備的。

對他來說，泡麵和泡菜就已經是豐盛的大餐，而現在餐桌上有白飯、湯和講究的小菜，一桌精緻的飯菜擺在他面前。

即使是端出肉粥或是更簡單的食物他都會心存感激，面對這樣的款待，洪在民發現自己無法展現出他慣有的叛逆行為。

洪在民趕緊吞下了即將滴落的口水，忍不住喊了在餐桌對面拉出椅子的主人名字：「宋理獻。」

「別客氣，吃吧！聽說吃得太飽死掉的鬼氣色都很好。」

崔世暻坐在宋理獻的旁邊，愉快地問：「這是要餵飽在民，然後弄死他的意思嗎？」

「因為要埋在前院，幫忙挖個洞吧。」

宋理獻有充足的殺人動機，從崔世暻那充滿期待的眼神中可以看出，他肯定會哼著歌挖洞，洪在民嚇到掉了湯匙。

瑞山大嬸從廚房拿出切好的水果，只有她把這些話當成玩笑，「嘖，你們倆真會捉弄人。世暻，多吃一點。」

瑞山大嬸為在外面吃過晚餐回來的兩人面前擺上水果盤後，拍了拍崔世暻的肩膀，也用眼神對洪在民打了招呼，然後轉身回到廚房。

「怎麼感覺你比我更像這個家的兒子。」

崔世暻沒有否認，在前面的盤子盛了一些水果，以學習為名頻繁出入這個家的崔世暻，很快就贏得了瑞山大嬸的寵愛。

「你之前提過，說想要拿到母親的診斷證明。」

「那個拿得到嗎？」

「我們家的家庭醫生說他能搞定。所以，之前照顧你母親的醫生，是被李美京那個女人給收買了嗎？」

「嗯，那邊我不抱期望，我們應該要調查主治醫生往來的藥廠。你能幫忙打聽醫院的

消息嗎？」

當兩人忙於洪在民聽不懂的對話時，他趁機偷偷舀了一勺湯。

這幾天來僅靠幾片麵包充饑，萎縮的胃感受到熱湯的滋潤，從手指到腳趾都覺得暖和，他急忙將飯拌入湯中。

快要吃完飯時，洪在民才驚覺自己已經很久沒有吃過溫熱的米飯了，他還發現除了學校的供餐之外，自己已經很久沒有吃過一頓像樣的飯菜，米飯越嚼越甜，為他帶來心靈上的慰藉。

習慣街頭生活的洪在民，此刻像卸下重擔般放鬆了警戒。

就像甲殼類動物堅硬的外殼保護著柔軟的內在，洪在民那虛張聲勢的外殼破碎後，心變得軟弱，毫無防備。

洪在民原本就喜歡宋理巘，即使性格有所改變，但對宋理巘用那如草食動物般的溫柔嘴唇勸他去學校，並關心他的飲食，讓他不由自主地被打動。

此時，宋理巘站了起來。

「小孩嗎？吃到臉上帶便當了。」

聽到這話，洪在民以為是自己臉上帶便當，便舔了舔自己的嘴角。他感到嘴邊沾有甜美的醬料，正想伸手接過宋理巘遞過來的紙巾，但宋理巘卻繞過他，親自為崔世暻擦拭了嘴邊。

「哎喲！你幾歲了？」

當有機會照顧時，宋理巘像對待三歲小孩一樣，高興地為崔世暻擦拭了嘴角，那笨拙而又細心的手法讓崔世暻感到愉快，也伸出了另一邊的嘴角。

「這裡也沾到了。」

「真是的，你這個細心的傢伙還真讓人操心，來這裡。」

雖然坐在同一個空間，同一張餐桌，洪在民卻感受到了遙遠的距離感，就算他可以叫住宋理巘並加入他們，但他沒有信心宋理巘會同樣細心地幫他擦嘴。

想到這裡，他突然沒有了食欲。

宋理巘或許願意施捨洪在民一頓飯，但卻從未給過他一絲真心的關愛，洪在民很清楚箇中原因，這讓他沒能吃完剩下的飯。

第八章

我也想跟你當朋友

「去洗個澡吧。」

原本只打算吃完飯就走，但洪在民無法拒絕宋理巘說的話。洗完澡後，他換上宋理巘借他的衣物，在換衣服的時候，心情跌到了谷底，從浴室出來，隨著步伐變得踉蹌時，心情如同攪動的濁水般髒亂。

洪在民將手伸進短褲後面，拉住陷入臀縫的內褲，用力地把它拉出來，「衣服穿得那麼大件，內褲卻緊得要死。」

宋理巘相信自己的身體還能繼續長高，因此買衣服時總購買較大尺寸，但內衣則選擇了剛好合身的。

說是有彈性的材質應該會合適，但可能因為是全新未拆封的內衣，不只沒有伸縮性，還會緊勒臀部。

走了幾步之後，就像做三步一拜的動作般，洪在民不得不把咬緊臀部的內褲拉出來。

一踏進宋理巘的房間，敞開的窗戶迎來了六月初夏夜晚的微風。

先洗完澡的崔世暻坐在書桌的椅子上玩著魔術方塊，他和洪在民一樣穿著宋理巘借出的衣服，未吹乾的頭髮濕漉漉地蓋在前額，專注的眼睛稍微被濕睫毛遮蔽，他那整齊修剪的長指輕巧地轉動著魔方。

只是簡單地轉動了幾次，魔術方塊的色塊就復原了。

——竟然能解開那個……

只有把魔術方塊整個拆解重組，從來沒解開過魔術方塊的洪在民看得出奇，但一想到是崔世暻後，立刻改口說這狡猾的傢伙一定是想用魔術方術來炫耀。

崔世暻完全無視洪在民，去一樓洗澡的宋理獻還沒有回來，他想要給手機充電，但不知道充電器放在哪裡，只能不安地站著，在房間裡到處尋找充電器。

環顧這個房間，除了擁有許多健身器材外，其他都相當普通，洪在民想知道失去聯繫的寒假期間，宋理獻是否用這些健身器材鍛煉了身體，因此仔細觀察了各種重量的啞鈴和槓鈴。

「你的胃口真好。」溫和的低沉聲線妨礙了正在尋找充電器的洪在民，崔世暻靠著椅背，手裡轉動著已經解開的魔術方塊，緩緩張開嘴唇，濕潤後色澤加深的頭髮營造出一種沉靜的氛圍，冷聲道：「這裡是宋理獻被你打過後，稍微還能喘息的空間，你倒好，竟然還悠哉地參觀。」

「是宋理獻拉我來的。」

「是啊，在你眼裡，總覺得是別人的錯吧？明明是你自己走進來的，偏要說是理獻拉你進來，吃得飽飽的，又說是理獻硬要你吃的，就連洗掉惡臭換上新衣服，也要怪在理獻頭上。」

崔世暻將他看成是身在福中不知福、只會抱怨的人，洪在民怒不可遏，崔世暻根本不知道穿緊身內褲的痛苦，還在那裡嘮叨，然而，真正的問題是內褲太小，不過他不想抱怨宋理獻給的緊身內褲，因為這會讓自己顯得可憐，於是選擇隱忍。

洪在民睜大眼睛，似乎在尋找挑釁的理由，然後他伸出了手掌，「把魔術方塊還給我，混蛋，那是我的。」

突然，洪在民想起崔世暻曾經炫耀與宋理獻的關係，他也想利用自己與宋理獻的特殊關係來刺激崔世暻，因此裝模作樣地說了幾句：「這是我去年玩膩了隨手放進宋理巘的書包裡，沒想到他留到現在。」

更準確地說，這是在宋理巘因為校園暴力昏倒之前，洪在民放進他的背包裡的，宋理巘根本不知道背包裡有魔術方塊，隨手將背包扔進房間，結果魔術方塊從中滾出，滾進了床底。前幾天，瑞山大嬸在大清掃時找到了這個魔術方塊，擦去了灰塵，放在書桌上。

洪在民知道魔術方塊是怎麼進入這個房間的，也知道自己不該炫耀，但崔世暻不可能會知道魔術方塊存在於此處的詳細過程。宋理巘又不在場，說謊不會帶來不利。

崔世暻立刻揮動了手臂，像棒球投手那樣丟出了魔術方塊。

「……啊！」

嗖地一聲，魔術方塊銳利地劃破空氣，擦過洪在民的耳旁撞向牆壁，魔術方塊似乎劃過了他的耳朵，洪在民用顫抖的手輕撫著耳側，耳朵有灼熱感。

「對不起，在民。我失手了。」

崔世暻眉頭緊蹙，一臉悲戚地道歉，用那張彷彿連一根稻草都不會折斷的善良臉孔，對自己的疏忽造成的錯誤深感遺憾。

「我本來打算瞄準你的臉的。」

平常崔世暻看似忍讓，但其實他的脾氣和洪在民一樣火爆，比起洪在民無緣無故的暴跳如雷，在崔世暻的殘忍程度面前根本是小兒科，論暴力他絕不會比洪在民遜色。

所幸他還有一點點理性，沒有把魔術方塊扔到人的臉上，若真如他所想，魔術方塊的邊角可能會刺入眼球。

用一個拳頭大小的魔術方塊殺人，並非不可能。

和洪在民共處一室的這個當下，崔世暻表面上一副平靜的樣子，但內心卻厭惡到作嘔的程度。崔世暻無論是對膽敢闖入這個家的洪在民，還是現在想驅逐洪在民的自己，以及現場沒有宋理獻作為後盾的殘酷現實，都讓他感到憤怒。

「……神經病！」

被那善良的笑容欺騙的洪在民，臉色因羞愧而變得青紫交加，他突然衝向崔世暻，而崔世暻試圖推開椅子站起來迎戰，但必須先避開洪在民的拳頭。

當閃過擦過鼻尖的拳頭時，崔世暻的背部撞上了書桌，讓書架劇烈搖晃，他向後仰又避開一拳，幾乎躺在了書桌上，崔世暻將背部圓弧貼於書桌，抓緊桌角，用力踢洪在民。

「呃！」

崔世暻抓住抱著腹部後退的洪在民的衣領，將他推向書桌，這讓洪在民的背部撞上書桌角，發出沉重的聲響，臉上露出痛苦表情，但他並未就此屈服，也反手抓住崔世暻的衣領進行反擊。

就像隨時會咬斷對方頸部的野獸，崔世暻皺起了鼻梁用力推擠，導致兩人的位置完全翻轉。

書桌的某處發出咔嚓斷裂聲，這次是崔世暻因背部撞擊而面部扭曲，他咬緊牙關，試圖將洪在民壓制在下方，拉扯對方的衣領。

他們的肉搏戰在少年與男人的界線上，迸發出如乾稻草被點燃的熾熱怒火，位置多次翻轉，每次書桌受到撞擊而劇烈晃動，書架上的題本被震出了一半。

崔世暻咬緊牙關，突然想到書桌的旁邊有一扇大窗戶，於是抬起下巴，這讓洪在民覺得有些蹊蹺拚命抵抗，但在力量上仍不敵崔世暻。

他們扭打到書桌旁邊，當接近敞開的窗戶時，崔世暻推了洪在民一下。

「啊呀！」洪在民越過窗框，在黑夜的虛空中揮舞著手臂，「……呃！」

墜落——洪在民感到背後空無一物時，有種血液從全身流失的虛無感，脖子失去了支撐力，頭重重地向後仰。從懸崖掉落的恐懼感如海嘯般掠過頭頂，接著像是被人從深邃的海水中撈起，感覺到有人抓住了他的衣領。

背對著燈光，身處暗處的崔世暻，一隻手抓著窗框，另一隻手緊抓著洪在民的衣領。

「呼、呼……」

「吁吁——」

在崔世暻急促而粗重的呼吸中，夾雜著洪在民急促的呼吸，這融為一體的呼吸聲也讓崔世暻感到不悅，他調整了呼吸，冷淡斥責：「別裝模作樣了，從二樓墜落不會死的。」

窗戶的下緣位於腰間位置，崔世暻的腿緊貼著牆壁交錯，他的下半身壓制著洪在民的下半身，防止他掉出窗外。當然，崔世暻是故意用這種方式固定洪在民，因為要不要讓他掉落完全取決於崔世暻的意志。

「混、混蛋，你……你如果放手，你、你就死定了！」洪在民緊抓著抓住他衣領的手腕，低頭往下看。隨著上半身的晃動，遠處的黑色灌木叢時而遙遠，時而近在咫尺，恐懼讓他的感覺變得麻木，喪失對距離的感知能力。

當崔世暻的手掌因為冷汗而變滑時，洪在民不由自主地開始顫抖。

「喂，混……混蛋，你誰呀！為什麼……要這樣對我？」

「你知道的，離宋理獻遠一點。」

「幹！是宋……宋理獻自己來找我的，啊！」

崔世暻將衣領往下壓，洪在民的腰部越過窗框，腰身彎曲得像柳條。

六月初夏的風略帶暖意，洪在民卻像身處寒冷不停發抖。

洪在民臉色蒼白，緊抓著崔世暻的手臂不放，但被汗水浸濕的皮膚變得滑膩，只要稍有不慎鬆手就會掉下去，因此急於想擺脫目前的險境。

「啊，我知道了、知道了！幹，快點拉我上去……我要掉下去了！」洪在民因恐懼而發出刺耳的尖叫聲。

不過，即使答應了要求，崔世暻也沒有拉他上來，這不代表崔世暻覺得洪在民掙扎的模樣很有趣。

他的眼睛深邃到難以分辨瞳孔和虹膜，異常地平靜。

洪在民從閃耀的黑色瞳孔中，看到了自己反射的倒影，瞳孔裡自己掙扎的模樣比任何捕捉到的情緒都還要生動。

黑色的瞳孔對一切似乎都無感，洪在民有種預感，無論他怎麼掙扎，或是摔落一樓變成一團肉泥，崔世暻都不會有任何感覺。

一種比墜落更令人恐懼的感覺籠罩了他。

在民使出全力掙扎，想粉碎那無形的恐懼。

「幹！你為什麼這樣對我！你是宋理獻的小弟嗎？靠，你也喜歡宋理獻嗎？」崔世暻那原本無感的瞳孔中閃過一絲生氣，隨口而出的挑釁話語不經意間觸動了另一個按鈕。

他眼角的微笑優雅地彎曲，宛如一幅精心繪製的蘭花水墨畫。

「這個嘛……」崔世暻既沒有否定也沒有肯定，他喜歡的人是假宋理獻，所以這句話也沒說錯。

崔世暻喜歡上假宋理獻已經有一段時間了，什麼時候開始的，他已經不記得了，因為喜歡的理由太多了。回想起來，為了尋找真正的宋理獻，跟著去參加晚自習的那一刻起，他就已經心動了。

他的這份心意是無庸置疑的，不只是心靈上的，連身體也多次有了反應，崔世暻並未感到混亂，而是有條不紊地布了局。

——為了讓假宋理獻聽到我的告白後無法逃跑。

下雨那天，崔世暻因為錯過了找上門並威脅他的宋理獻，因此有了心理創傷，尋找宋理獻的過程充滿了艱辛和疲憊，他不想再經歷一次。所以在思考自己的感情或是表白之前，崔世暻先留住假宋理獻。

輔導假宋理獻唸書，關心他的生活，總是圍繞著他，以溫和的方式滲入假宋理獻的日常生活。為了防止他在聽到崔世暻告白後斷絕關係，如細雨無聲滋潤大地般，崔世暻正慢慢地浸透宋理獻的心。

將其逼入絕境的過程和圍捕兔子的狩獵類似，但崔世暻想要捕獲的，卻是連草食性動物也不敢接近的誘人野獸。

然而，他絕對不會把這一切告訴像洪在民這樣的人，以免搞砸計劃，布局應該悄悄進行，不能讓目標察覺。

崔世暻的笑容之下隱藏了他的計劃，而洪在民仍在苦苦掙扎。

「幹，你不喜歡的話……就閃一邊去！」

「在民啊，你知道嗎？人與人之間，就算不喜歡還是可以介入的，這個世界不是你想的那樣非黑即白。」心情變好的崔世暻，親切地叫著洪在民名字的同時，輕壓著他的衣領，在民的腰被壓彎到幾乎要斷裂。

「呃——」洪在民失去重心，頭向後仰倒，露出突出的喉結，一頭漂黃的頭髮散亂飛舞。

當重心轉移到頭部，洪在民無法維持平衡，手從崔世暻的前臂滑落，在空中掙扎，如同在水中揮舞。

崔世暻避開在民的手臂，輕聲細語地以一種溫柔的口吻提出了要求：「而且，因為我袖手旁觀，我該道歉的對象是宋理獻，你不要表現得好像你有什麼權力指責我。我不知道別人怎麼樣，但我真的無法忍受聽你指責。」

「啊，呼……呀……崔世暻……」

「嗯，好，等宋理獻回來，我就接受懲罰。」

「你這個……呼……混蛋……」洪在民試著用腰力撐起上半身，但姿勢本身就對崔世暻有利，他越是抵抗，崔世暻就越用力壓他的衣領。當洪在民不斷向後仰，連胸口也被壓彎，遠處的首爾夜景在他眼前倒轉。

「我，要……掉下去了……」

但洪在民不會墜落，崔世暻用自己的下半身將在民的雙腿牢牢固定。

雖然抓住衣領的手力道大到青筋突出，但在民仍然感到不安，他快撐不住了，覺得自己快要掉下去了。

「你也是這樣折磨宋理獻的吧？你被這樣對待，覺得痛嗎？」

「幹……你這樣做還能安然無恙……你也和我一樣……混蛋！」

「好，我會去地獄的，在民。」崔世暻的語氣輕鬆愉快，就像是一個準備去後山散步的人，「那我們能在地獄見嘍，到時別說你認識我。」

「那應該……是我說的話……不是你，呃！」

「在民啊，我希望你也受到痛苦，就像宋理獻受過的痛苦一樣。」

「要痛苦……你自己痛苦！」

「嗯，我很痛。」

想到之前尋找雨中逃走的宋理獻時那焦急的心情，崔世暻露出了笑容，抓住洪在民的衣領猛搖，在民嚇得屏住了呼吸。

「我希望你睡不安穩，想讓你不斷想起折磨宋理獻的事，並感到悔恨。不然，也太不公平了，宋理獻，因為你……」

崔世暻說話時，突然門外有人轉動了門把，本來態度堅決不肯救人上來的崔世暻迅速將洪在民拉起來。

全身冒著冷汗的洪在民被拖進室內，才剛坐下，門就打開了。

宋理獻抱著一堆被子走了進來，「你們沒有吵架，好好相處了吧？」

洗完澡後，他為了去拿放在衣帽間角落的被子和床墊而耽擱了。

宋理巚坐在地上，來回看著失魂落魄的洪在民和帶著笑容興奮仍未平息的崔世暻，從兩人皺巴巴的衣領看來，他離開時肯定發生了些事，宋理巚不悅地嘖了一聲。

「好，打架吧！聽說孩子們成長過程中免不了會打打鬧鬧。」

然後，在地板上鋪了一塊厚實的床墊，吩咐道：「我和崔世暻睡地板，洪在民你就睡床上吧。」

洪在民沉默以對，穿著灰色短袖的洪在民腋下全濕，臉上因為充血而顯得通紅，步履蹣跚地走過床墊。

「你要去哪裡？」

「……我的衣服在哪裡？」

「烘衣機裡，這個時間你要去哪裡？你這傢伙又沒地方可去。」

洪在民似乎連開口的力氣都沒有，拖著腳步一味地想離開房間。

宋理巚看著洪在民像初生小馬般顫抖的雙腿，於是關切問道：「你腳怎麼了？為什麼沒辦法正常走路？」

才走了幾步就筋疲力盡，洪在民很快就在床邊坐了下來，雙肩低垂，手肘撐在大腿上，臉埋進了手掌之中。

宋理巚想知道，這兩個血氣方剛的傢伙是怎麼打架的，毫髮無傷卻耗盡了力氣，於是他開口問了正在攤開被子的崔世暻：「他怎麼了？」

「輸給了我，很傷心吧。」

洪在民如果真的惹出了亂子，他也不是那種會獨自傷心的人。不過，試圖掩飾所做之事的崔世暻和看起來很驚訝的洪在民，似乎都不打算透露真相。

「理巘，讓他走，我們倆睡吧。」

崔世暻從後面抱住了宋理巘的腰，並將臉頰貼在他的頭頂。從那灼熱的體溫和呼吸中散發出的甜味來看，宋理巘猜測崔世暻似乎相當興奮。

「要走快走，在民啊，是時候逃了。」崔世暻像故意放走獵物的貓溫柔地低語。

洪在民不好說，但崔世暻顯然玩得很開心，宋理巘覺得崔世暻需要冷靜，於是鬆開了纏繞在自己腰間的手，接著開口說：「等一下，我去拿清心丸⑨，你吃了再走。」

洪在民嚇了一跳：「你別走！待在這裡，千萬別走開，不要留下我一個人。」

之後，他試著站起來，但未能成功，又坐了回去，急忙揮舞著手臂，「那個傢伙，那個該死的傢伙，他變態……」

話說得不清不楚，洪在民再次將臉埋在手掌中，然後倒在床上，他似乎無法冷靜下來，全身不停顫抖。

宋理巘不知道發生了什麼事，於是催促崔世暻給個解釋：「他在說你是變態嗎？」

崔世暻聳了聳肩說：「有什麼好驚訝的。」

晚上十一點，細微的呼吸聲在房間內迴盪。

宋理獻小心翼翼地將崔世暻搭在自己身上的臂膀挪開，然後輕輕地掀開了棉被。

他靜悄悄地收拾了背包，怕吵醒他們盡量不發出聲響踮起了腳尖。

門關上後，宋理獻穿著拖鞋的聲音逐漸遠去，裝睡的在民慢慢睜開了眼睛，受到崔世暻的那番對待，洪世民怎麼可能跟他同睡一室，他冷眼瞪著睡在地板的崔世暻，眼神充滿了殺意。

崔世暻抱着宋理獻給他的枕頭，長睫毛像扇了一樣展開，儘管他的睡顏像個天使，但有切身之痛的在民深知那只是外表的假象。

「該死的惡魔……」

自己被搞得睡不著，崔世暻卻在那裡呼呼大睡，這傢伙真是厭惡到想要踢他一腳，但被倒掛在窗外的事仍讓他心有餘悸。

洪在民下了床，因為他不想跟這個傢伙共處一分一秒，走出房間後，朝著宋理獻消失的方向走到了一樓，發現只有餐廳的燈亮著，已經習慣黑暗的眼睛，覺得這突如其來的亮光有些刺眼。

「……」

宋理獻正埋頭苦讀，他在餐桌上攤開了題本、參考書和學習計劃書，用自動鉛筆寫筆

注釋⑨　清心丸：清心丸是混合了山藥、人參、甘草等各種藥草和牛黃、麝香等動物性藥材所製成的藥。這原本是為了體質燥熱的人中風時所開的藥，最近則被用來緩和突如其來的怒火，或舒緩緊張時的情緒。

記。他正在補足今天因為尋找洪在民而未完成的學習範圍。

還以為宋理巘專心到沒發現洪在民來了，沒想到他一邊在題目下畫線，一邊開口說：

「冰箱裡的東西，你想吃就吃。」

他猜洪在民是因為肚子餓才下樓的，但見洪在民沒有任何動靜，便趁換改考卷的紅筆時抬頭告知了方向：「廚房，在那邊。」

學校的下課時間，宋理巘都會抓緊時間解題，所以要批改的頁數頗多，他希望那些辛苦解出來的題目都是正解，所以轉換心態認真批改，當看到題本一頁全是紅色圈圈，宋理巘感到滿意，暫時沉浸在這成就感中。

當宋理巘翻到下一頁準備批改的時候，以為已經回房間的洪在民突然打破了沉默：

「你為什麼對我這麼好？」

「我從來沒有對你好過。」

一直在畫紅圈的宋理巘，偏偏在洪在民開口的瞬間劃了一個斜線，這讓他的眉頭皺了起來，宋理巘好像生氣了，洪在民覺得不舒服，彷彿回到被母親責備的童年。

「……你來找我。」

「不要讓我一直重複說同樣的話，我只希望你順利畢業，就這樣。」

「那麼，你和我一起打架、為我準備飯菜、提供我睡覺的地方這些算什麼?這些事通常不會隨便做的，難道你不是因為擔心我，或是一直掛念我，所以才來找我，將我帶回家的嗎？」

洪在民努力給宋理巘的行為賦予意義，他希望對宋理巘產生影響，成為他生命中的一個特別的存在，無論是過去還是現在，這一點從未改變。洪在民希望宋理巘那些讓他感動的行為，都是出自於真心。

「你話還真多。」

但是，宋理巘只想專心唸書，被打擾讓他感到不悅，這讓洪在民感到沮喪，不過，他沒有因此而退卻，因為洪在民還有很多話想說。想分享那些深埋心底的話題，需要雙方的同意，遺憾的是宋理巘對洪在民不感興趣，他不想了解在民的內心想法。

「你真的很煩人。」六月的模擬考就要到了，現在沒有時間聽洪在民的牢騷，「告訴你理由之後，你會來上學嗎？」

雖然是那種「我會告訴你，聽了就滾」的語氣讓人不爽，但洪在民沒有資格挑剔。

「……嗯。」

「因為覺得你很可憐。」

怕洪在民聽不懂，宋理巘特地追加了說明：「看到你親手毀掉自己人生的樣子，讓人感到可憐。」

深夜的冷空氣劃過皮膚。洪在民覺得反抗只會讓自己更加狼狽，他緊握著拳頭讓指甲掐進手心，轉身往樓上走去。

「喂。」

聽到呼喚時，洪在民喜不自勝，宋理巘之前說的刺耳之言讓他耿耿於懷，摸著後腦杓希望叫他是為了說教或是嘮叨幾句，但洪在民的希望在現實中是不可能實現的。

「崔世暻淺眠，你進去房間小聲一點。」

「……」

「崔世暻睡著了，別想幹什麼傻事。」

宋理巘到最後都只擔心崔世暻，他能接受自己被冷落，但他認為崔世暻沒有得到特殊待遇的資格，洪在民堅信宋理巘是因為不了解崔世暻的真面目而被欺騙，因此他燃起了揭露真相的鬥志。

「那傢伙想把我扔出窗外……他把我推出窗外玩弄，你一來他就把我拉回房間！對你就一副好人模樣，實際上在背後耍手段！」

即使洪在民口沫橫飛地解釋，宋理巘還是無動於衷：「那又怎樣？」

洪在民以為他沒聽懂，覺得煩躁，提高了音量：「我說他打算把我從二樓推下去，殺死我！」

「你沒死還活著，看來崔世暻有所節制，這小子還真聽話。」宋理巘淡定地自言自語，洪在民覺得頭腦快要炸裂。

「幹！聽到有人差點死掉，你什麼感覺都沒有嗎？如果發生在其他人身上，你也會這樣嗎？」

「當然不會。」

如果宋理巘發現崔世暻將金妍智或班上其他同學推出窗外，那麼被扔出窗外的就會是崔世暻。

然而，崔世暻恐嚇的對象是洪在民。

「你對我做過更過分的事呢。」

「……」

「我說過多少次了，我從來沒有原諒過你。」

「……」

「假裝不知道，過去的事不會就此消失，連這個都要我教你嗎？」

基於憐憫所給予的寬容也是有限的，他的前世是黑幫，不是孤兒院院長。雖然曾經教化過幾個壞小子，但是他不想教化敵人。

「去睡吧。」

洪在民不知道在想什麼，一動也不動。

「宋理巘。」

宋理巘想要專心唸書時又被打擾，他長嘆了一口氣：「哎——」

他重重地將鉛筆放下，好像在說這是最後一次，然後交叉雙臂直視著洪在民。

「……對不起。」洪在民向宋理巘道歉時，比從二樓窗戶被推出去時還要焦慮。宋理巘沒有接受他的道歉，洪在民以為以前的霸凌行為不能僅以一句道歉來彌補，於是急忙補充說明：「我很抱歉打了你，也很抱歉欺負了你……你就不能和我好好相處嗎？」

——想像崔世暻那樣，就算我沒辦法專心上課或是認真讀書，但下課時間可以一起去福利社，放學後一起出去玩……

只要宋理巘答應，洪在民有信心，他會比崔世暻更好相處！最近和宋理巘的對話頗為融洽，也能輕鬆應對宋理巘的粗魯行徑，對方一定也會很快適應夜生活並找到樂趣。一開始可能會覺得陌生，但洪在民相信宋理巘，馬上就會發現，和他相處比和崔世暻更自在。

交叉雙臂的宋理獻輕拍自己的手臂，這動作看起來像是拒絕，讓洪在民如墜冰窖，但當宋理獻發出一聲「嗯」的鼻音時，他有種置身於溫泉中的錯覺。

宋理獻一個微小的動作，就足以讓洪在民經歷從悲到喜極端的情緒波動。

「也不是不能，但是……」

臉色一度變得黯淡的洪在民，很快就恢復了光彩，從對方沒有直接拒絕看來，好像還是有機會，雖然不是肯定的答案，但洪在民發現了可能性，眼中充滿了希望。

但宋理獻微微上揚了嘴角說：「我不要。」

在說這句話的瞬間，宋理獻像是找回了自己的靈魂，語氣堅定不移。

❧ ❧ ❧

使用粗圓體字型的醫院招牌「**同心精神健康診所**」掛在櫃檯後面的牆壁上。

崔世暻家的家庭醫師推薦的這家醫院規模不大，但卻非常溫馨，空間裡飄散著香薰的清香和輕柔的古典音樂。

宋敏書雖然在家庭醫生那裡接受酒精和藥物成癮的治療，但在金得八的眼中，真正侵蝕宋敏書的是她內心深處的抑鬱，如果能透過藥物治癒，宋敏書就不會癡纏著會長了。沒有酒精和藥物的支撐，清醒的頭腦只會帶來對無法滿足的現實產生挫敗感。

察覺到她的那份渴望，於是請崔世暻幫忙，找了一間心理諮詢聞名的醫院，擔心宋敏書單獨前往，宋理獻特地預約了週六上午的時段，並陪同就醫。

等宋敏書進入諮詢室，宋理獻就在候診室的沙發坐下，邊背英文單字邊等待。大概背了兩頁的時候，宋敏書諮詢結束走了出來，宋理獻起身要攙扶她，但宋敏書沒等他，直接走過去按了電梯按鈕。

在電梯即將到達之際，宋理獻急忙收拾好東西，與另一位在同一家醫院看診的客人一同進入電梯。

那位中年婦女頻頻側目，原來是她認出了宋敏書。

或許是因為宋敏書曾是那種紅極一時然後就銷聲匿跡的演員，所以中年婦女半信半疑地問道：「那個，請問……您以前是不是拍過電視劇？」

就像昨天出現在有線電視重播節目中的昔日明星，今天奇蹟般地出現在自己面前，這簡直是小說中的情節。

對一個普通人來說，她的臉蛋實在太漂亮了。中年婦女想著這個小插曲可能很快就會結束，等著宋敏書帶著尷尬的笑容否認。

宋理獻將太陽鏡遞給宋敏書，幫她搪塞過去。

「您認錯人了。」

「是的。」

叮——電梯在停車場樓層停了下來。

宋敏書戴上太陽眼鏡，留下驚訝的中年婦女和宋理獻，步出了電梯。

在回家的車上，宋敏書靜靜地望著窗外，一列電車正從波光粼粼的漢江上經過。她已不記得這是多少年來的第一次外出，久違的頭腦清醒，而且好像也不難維持，她已經很久沒有這種感覺了。

因為長期服用藥物和飲酒，造成她的記憶力衰退，所以不記得在醫院諮詢的內容，但是她的心情還不錯，甚至覺得奇怪，為什麼自己沒有早點來進行諮詢。

記憶力衰退的同時，思考能力也跟著一起衰退，她無法將事物的因果關係連結起來。當她突然清醒時，事情都已經發生了，就像今天早上被兒子拖去醫院，宋敏書不知道兒子最近為何喜歡給她看那些當紅男星的照片。

以前只要在同一個空間裡，就會緊張到撕咬手指的兒子，現在卻貼近她，將手機遞到她面前，宋理巘滑動著手機螢幕上的照片，那些男人要麼長得帥氣，要麼相貌平平，沒有第三種。

宋敏書靜靜地看著照片，然後問道：「你喜歡男生嗎？」

不明白她話裡的意思，宋理巘眨了眨他那清澈的眼睛，過了一會兒，慌張的宋理巘未經大腦，便脫口而出：「我超級喜歡女人。」

宋理巘從忙碌的學習時間中，抽空上網收集照片，就是為了幫宋敏書挑選男人，聽到她突兀的回應，宋理巘的腦袋好像卡住了，突然無法思考。他下意識地根據金得八的喜好作出了回答，後來才想起宋理巘喜歡男生，但宋敏書沒有給他機會更正又問道：「為什麼給我看這些照片？」

宋理巘勸道：「……妳年輕又漂亮，不該跟會長那樣的老頭在一起，應該多和年齡相仿的男人交往。」

跟別人說話時，稱呼宋敏書母親還可以接受，但當金得八的靈魂，面對年紀比自己小且童顏的宋敏書時，「媽媽」這個稱呼他怎麼也叫不出口，於是選擇了省略。

宋敏書對此並不在意，她知道這是針對她的話，隨即不以為意地嗤之以鼻。

「誰不知道和年輕的男人玩樂多麼有趣？」

「那麼，別纏著會長，和那些年輕的小伙子玩吧？」

金得八想到組織擁有的那些夜店包廂，那裡經常有明星造訪。但夜店似乎不大適合，他考慮像夜店那種年輕人常去的地方……但宋敏書似乎不想對話，把頭靠在車窗上。

面對她轉身後的纖瘦背影，宋理獻做了宣布：「我打算和會長斷絕關係。」

宋敏書一副放棄世間萬物的樣子，突然間就像觸電般抽搐了起來。

「……你憑什麼做出那樣的決定！」

語氣忽然變得刻薄起來，她的指甲乾裂，失去了應有的亮澤。即使生活在環境優渥的家庭，享受著營養豐富的膳食，但她那消瘦的身軀虛弱到彷彿隨時都可能倒下。

「要斷絕關係，你自己一個人斷……」

宋敏書似乎即將發作，宋理獻迅速抓住她的手腕，並用大腿遮住安全帶的紅色按鈕，防止她解開安全帶。

司機透過後照鏡注意到車內的混亂情況，開始尋找停車位以備不時之需。

「我不在乎會長，但我擔心的是媽……媽。」他尷尬地喊了一聲「媽媽」。

宋敏書拚了命地反抗，勸阻只讓她的反抗像彈簧般更加劇烈，讓人不禁好奇，這樣瘦弱的身軀怎麼會有那麼大的力氣。

「你誰啊，憑什麼插手？如果沒有會長……我的人生就什麼都沒有了！」

宋理獻不放棄開導：「擁有美貌和精湛演技的是宋敏書，不是會長！不要把妳的人生賭在那個老頭身上。」

宋敏書拚命掙扎想掙脫被抓住的手腕，得在反抗演變成發作之前讓她冷靜下來，宋理獻一把將宋敏書擁入懷中，輕撫著她的背，然後說：「我不會拋棄妳的，我一直都在妳的身邊。」

宋敏書無法推開那瘦弱的兒子，於是她緊咬牙關，狠狠地在他的頸部咬了一口，咬破的皮膚發出血腥味。她的牙齒深陷白皙的皮膚，形成了一個血淋淋的圓形傷口，宋理獻忍受著被狠咬的痛苦，嘴唇也滲出血來，但他沒有推開她。

當宋敏書咬著他頸部的時候，反而變得平靜下來，於是宋理獻任由她繼續咬，同時溫柔地撫摸她的後腦杓，「和會長做個了斷吧。」

「……」

「媽媽，妳永遠都這麼美，從來沒有不漂亮的時候，就算沒有會長，妳的美貌和演技仍舊讓人喜愛。」

宋敏書逐漸鬆開緊咬的下巴，淚水悄無聲息地像洪水潰堤般湧出。

宋理獻緊抱著她說：「所以，今後我們一起好好地生活吧。」

戴著白色棒球帽的崔世暻敲了敲房門，他肩上的斜背包裡，露出了影印的模擬考題紙張，這是因為宋理獻的提議，一起為下週六月的模擬考所做的準備，但崔世暻敲了門卻沒有回應。

大約等了一分鐘左右，崔世暻再次敲門，裡面才傳來允許進入的聲音：「我都說了幾次了，直接進來就好。」

午後陽光灑落在窗前，只穿了條短褲，半裸的宋理獻，帶著責怪的語氣迎接崔世暻，剛洗完澡，肌膚上還掛著水珠，散發出一種如水霧般的涼意。他朝崔世暻丟了一個藥膏，然後轉過身去。

「你來得正好，幫我擦藥。」

崔世暻接住飛來的藥膏，看到宋理獻頸後留下的牙印，臉色頓時變得冷峻，那道咬痕深入肌膚，血痂黏在頸部，瘀血正在形成。

崔世暻的指尖輕輕地掠過那血痂，「誰弄的？」

「我的母親。」

「……原來如此。」崔世暻沸騰的憤怒逐漸平息，變得溫和許多。

宋理獻朝肩膀後方瞥了一眼，然後催促說：「幹麼站著，快點幫我擦。」

宋理獻覺得看著全身鏡擦藥很麻煩，正打算敷衍了事時，剛好崔世暻來了，於是把後頸擦藥的事交給他。

在等待擦藥的同時，宋理獻提到了上午去醫院的事，他覺得有必要告訴崔世暻自己對他所推薦醫院的感受。

「我去了你推薦的醫院，感覺很不錯。下一次也預約好了，得持續去……啊！」

舌頭舔舐傷口的濕潤感，讓宋理獻全身的毛髮豎起，連細毛也像受驚的貓般矗立，當轉頭看向被咬的頸部時，崔世暻已經不顧羞恥地把臉貼在他的肩上。

「聽說塗口水可以促進傷口癒合。」在舔過宋理獻的傷口後，他又用舌頭舔了舔下唇。崔世暻的眼睛在帽檐的陰影之下顯得調皮又有生氣。

崔世暻提到的民間療法，宋理獻也有所耳聞，這讓他稍微鬆了一口氣。

「你這傢伙，舔之前該先說一下吧……不對，明明有藥膏，為什麼塗口水？」

「你說的對，我做錯了。」崔世暻眼帶慵懶的笑意，認同他責備自己的話，接著從後面環抱了宋理獻。

面對崔世暻最近頻繁的身體接觸，宋理獻雖然一直寬容以對，但過於緊貼的裸肌讓他感到不舒服，扭動身體想推開時，從背後環抱的手臂卻像是捆綁般緊緊抱住了他。

崔世暻依偎著緊貼自己懷抱的宋理獻跟他撒嬌，接著還對他胸前的乳頭說：「好久不見，小粉紅。」

當他細看宋理獻裸露的上半身時，發現從乳頭到嘴唇，連指甲下的肌膚也是淡淡的粉紅色，崔世暻對自己的新發現表示驚訝：「你身上幾乎所有的地方都是粉紅色的呢。」

「連老二也是粉紅色的，你想怎樣？你這小子。」宋理獻的聲音突然變得很凶。他一直放任崔世暻不斷提及粉紅色的話題，結果他變本加厲，「我把你當朋友才不計較，你卻越來越過分。」

想改掉他一直提起粉紅色的這個習慣，宋理獻扭動身體想掙脫環繞上身的手臂，但崔世暻的笑容沒有絲毫變化，反倒是手臂肌肉繃緊，緊緊壓迫，使得宋理獻感到愈發無力，只能疲憊地喘息。

「你這傢伙……不放手嗎？」

「我們是朋友啊。」

然而，當崔世暻對這新定義的關係震驚而反思時，宋理獻感到尷尬，自己都這把年紀了，跟個年輕人成了朋友竟然會這麼高興，這讓他覺得有些羞恥，他試圖表現得若無其事，想淡化這件事。

「不想的話，就算了。」

「不是的，我願意，我也想當朋友。」

即使有些意外，但聽到對方毫無猶豫地想做朋友，宋理獻的心情也稍微好了一點。

「但是，你知道這個嗎？這我也是聽來的……」崔世暻意味深長地壓低了聲音。

為了聽清楚他說什麼，宋理獻不得不跟著安靜下來，當宋理獻聚精會神聆聽時，崔世暻的眼尾微微上揚，如狐狸尾巴般輕柔地擺動，他在宋理獻耳邊輕輕吹氣，輕聲細語地說：「聽說朋友之間還會互打手槍呢。」

「你！你這個瘋子……」

那天，崔世暻被打的次數超過了十根手指頭……

學生們吃過午餐後，在學校各處以自己的方式享受午休時間。

一群女生飯後散步時，不小心讓冰棒的袋子掉在地上。

「喂。」頂著一頭黃髮的洪在民從花圃的灌木叢中站起來，以一種凶惡的眼神瞪著她們，「撿起來。」

「喔，嗯……」

女生們撿起她們掉落的垃圾後匆忙地離開，洪在民放鬆了皺起的鼻子，繼續蹲下身子在灌木叢中撿拾垃圾。

洪在民亂丟垃圾的次數超過任何人，但他在做校內服務時，卻像個正人君子般嘀咕：「以為這裡是垃圾桶嗎？」

在早夏的烈日之下，他的脖子曬得發黑，汗珠閃閃發光。

他對著晴朗的陽光和綠意盎然的草叢發出了詛咒：「哎呀，全都該死，竟然長得這麼茂盛。」

原以為無故缺席兩天，只需寫悔過書和家長面談就能解決，沒想到被安排做校內服務，心情頓時變得很不好。

家長沒接電話，還以為只要寫悔過書就好，結果去了教務處，學年主任一見到他就用三十公分的長尺敲打桌子。原來在明洞和他校學生發生衝突的事，被學年主任知道了，而且只點名了洪在民，崔世暻和宋理獻則未被提及。

崔世暻看起來不好惹，宋理獻名字不為人知，似乎只提到了洪在民。

宋理獻沒被提及也就算了，崔世暻狡猾避開的行為真讓人不爽，他把怒氣發洩在無辜的花圃上，一腳踢向草叢，這時一顆球從運動場飛來，擊中了他的頭。

洪在民捂著麻木的後腦，朝著球飛來的方向大聲怒吼：「哪個傢伙！」踢球的男生嚇得僵住了，洪在民確定了就是那個傢伙，準備以球回敬時，宋理獻打斷了他：「洪在民，把球丟過來！」

大聲喊叫的宋理獻，在運動場上狂奔一陣子後滿身大汗，他表現得像是忘記了上週在他家發生的事，宋理獻的那句「我不要」一直在洪在民的耳邊回響，他氣憤地朝著天空踢出了球。

完成午休時間校內服務的洪在民，拿著背包從教室裡走了出來。第五節課的上課鐘聲已經響起，洪在民卻逆著奔向教室的同學們，慢悠悠地走向了正在拆除中的焚燒場，那裡的石棉瓦外牆已經拆除，顯得格外空曠。

躲在學校圍牆陰影下的洪在民，想從背包中拿出香菸，然而，他手中摸到的不是方形的菸盒，而是一個圓圓的球體。

「怎麼回事，我的香菸呢？」

洪在民怎麼找都找不到香菸，索性將背包倒過來猛甩。

那些辛苦買到的香菸沒了，取而代之的是一堆棒棒糖嘩啦啦地掉了出來，洪在民知道是誰幹的，但他沒有心情吃這些糖果，只好蹲下身子。在把糖果撿起放回背包時，突然怒不可遏，憤然將糖果摔向地面，糖果撞在泥土上彈了開來。

「宋理獻那討人厭的傢伙……」

這些糖果無疑是出於善意。按照性情大變的宋理獻所說，這是對那些不顧自己健康只知道抽菸的年輕人的同情，宋理獻大概是那種看到路過的流浪狗在抽菸，也會把菸搶過來換成糖果的傢伙。

對他來說，洪在民和流浪狗沒有分別。

洪在民可能還不如那隻狗，尤其當他想起自己曾經把宋理巘逼到焚燒場並施暴的情景時，他像是在逃避般轉過頭去，接著看到他的同夥們正朝著焚燒場來。他們被分到不同班，見面的次數不如去年頻繁，但看到他們也蹺課，洪在民開心地揮了揮手。

「來了啊。」

那群人一邊互相開玩笑，一邊走去焚燒場，他們看到洪在民後停了下來，一股躊躇的氛圍稍縱即逝，隨後他們好像沒事發生一樣，圍在洪在民的身邊。

他們互相說著一些無聊的笑話，詢問彼此的近況，洪在民不是第一次手機關機失聯，因此他們將無故缺席當作小事一笑置之。他們在嘻笑聊天時，也在尋找提起正事的最佳時機，當洪在民爽朗地笑出聲，他們趁機提出了問題。

「在民，你和B高中的學生打架了嗎？」

在明洞和洪在民發生衝突的那些傢伙就讀B高中，想到當時如果不是宋理巘介入，會因為人數劣勢而遭到圍毆，洪在民燃起了復仇之心，緊握著拳頭，直到指關節發出喀喀的關節聲。

「嗯，有人打小報告，被罰做校內服務。」

感覺氣氛突然變得沉重，沉默一陣後，那群人當中一個體型龐大的傢伙被迫開了口：

「怎麼會打起來？」

「是那些傢伙先挑釁，說明洞是他們的地盤……真是幼稚。」原本已經忘記打架的理由，再次想起來讓洪在民氣到咬牙切齒。

洪在民缺席這幾天都在明洞獨自遊蕩，那些傢伙看他好欺負就針對他，爭地盤只是圍毆洪在民的藉口，這幼稚的行為讓人無法容忍。

那群人排除在民，互相交換眼色，才又慢慢地進入正題。

「在民啊，你……知道他們當中的敏基嗎？」

「他是誰？」

「白敏基。就是那個身材很瘦，長得很像鯷魚，個子很高的男生。」

「啊啊，他啊？他叫白敏基嗎？」快要想起來的時候，洪在民不悅地緊皺眉頭，當他猜到是誰時，覺得厭惡吐了口口水，白敏基是那個揮舞破啤酒瓶的傢伙。

「那傢伙是瘋子吧？眼神很瘋狂，幹，感覺快走火入魔了。」

本來就對這傢伙沒好感，想到在巷子裡閃爍的招牌燈光之下，那尖銳發亮的碎啤酒瓶曾瞄準宋理獻，洪在民就更討厭他了。

「他哥哥正準備創業，本來今年要開業，但是聽說為了進駐S百貨公司，所以延到明年了。」

「創業哪有那麼簡單？想進駐百貨公司？簡直自尋死路，肯定會失敗。」洪在民怒斥並咒罵著那對兄弟，但沒有人附和他，直到這時他才發現周遭微妙的氣氛，從蹲著的姿勢站了起來，當高個子的洪在民直起腰桿，視野立刻逆轉，他那凌厲的蔑視眼神讓說話的人顯得畏縮。

「那個，在民啊，你……能不能跟敏基道個歉？」

「你瘋了嗎？」

表情嚴肅的洪在民看上去像隨時準備打人，他即使被宋理獻擊敗，遭到崔世暻的嘲笑，也堅決不說一句對不起，因為他將道歉看作是認錯和失敗的同義詞。天生的性格使他未曾真正認識自己的錯誤，即使被打得遍體鱗傷，也絕不道歉。

在宋理獻的家中衝動地道歉，也是因為想要得到宋理獻的關心，並非真的認識到自己錯誤而道歉。

「那位哥哥答應我畢業後，讓我在他的店裡工作，但是因為白敏基被你打了，他生氣地說不聘用我了……」

在一個大家彷彿沒有明天盡情揮霍的團體裡，雖然有像洪在民這樣真的不顧未來盡情享樂的人，但也有對未來感到不安的人。

不過，洪在民沒有那個為朋友放下自尊的雅量。

洪在民不願吞下委屈道歉，他推了說話那傢伙的肩膀，挑釁地開口說：「只有我有動手嗎？是那個傢伙先挑釁的，我一個人閒逛，是他們先來惹我的，他們沒說嗎？」

「在民啊，你就幫幫他吧！李建浩懦弱也不是一兩天的事了。」

那群人考慮到李建浩可能會被揍，假裝為了洪在民好而阻止了他。除了李建浩之外，還有幾個傢伙也想在白敏基哥哥的店裡工作，他們都希望洪在民能道歉，不過他們知道洪在民的火爆脾氣，不敢再多說什麼。

現在，他們只能懷念那些已經無法使用的解決方案。

「要是宋理獻還像以前那樣，這件事就能輕鬆解決了。」

「你這話是什麼意思？」

突然提到宋理獻，讓滿腦子都是宋理獻的洪在民，敏感地作出了反應，同夥們以為他們引起了洪在民的注意，便開始喧嘩。

「以前如果叫宋理獻拿酒來，不都是洋酒嗎？我查過那些空瓶，全部都價格不菲，如果用酒來討好，應該能讓敏基的哥哥消氣。」

「哎，真可惜啊。」

李美京擔心宋敏書厭倦廉價酒的味道，因此不斷供應高檔洋酒，那個時候為了不讓宋敏書醒酒，李美京幾乎每日來訪，客廳的桌子上洋酒盒裝禮物堆積如山。

在到處都是空酒瓶的客廳裡，宋理獻就算偷走一瓶酒，也不會有人發現。

打從開始，就沒有人關心原來的宋理獻。

如今，宋理獻變了，不能強迫他偷酒，也不能搜刮他的錢包，無法再從宋理獻這個金雞母身上榨取錢財，讓他們感到遺憾。

「覺得最遺憾的肯定是在民吧。」

「對啊，你幾乎都靠他生活呢。」

眾人一致點頭表示同意，洪在民猶豫了片刻才問道：「我……欺負宋理獻，欺負得很嚴重嗎？」

他們覺得在民問了一個眾所周知的問題，回想起之前欺負宋理獻的那些日子，彼此交換了一個陰險的笑容，他們的記憶中將那段時光視為自己人生的全盛時期。

「你根本沒打算放過他。」

「……到了無法原諒的程度？」

當洪在民展現出不同往常的沮喪情緒時，那群人機靈地迎合了他。

「為什麼還要糾結那些過去的事情？忘掉吧！看宋理巘到現在都沒有舉報校園霸凌，他大概也打算不計較了。」

洪在民也是同樣想法，從帶自己回家吃飯這件事來看，他不大可能舉報校園霸凌。這樣一來，欺負宋理巘的過去可能會變成聚會中的英雄故事，這將是他在找不到好工作、僅靠日薪勉強維生的悲慘人生中，唯一可以炫耀的事。

如果只是靜靜待著，什麼也不做的話。

「誰家有洋酒可以偷？」

「嘿，別那麼做！帶廉價酒去哥是不會消氣的。」

從那種試圖轉移注意的輕浮口吻中，找不到絲毫的罪惡感，絕大多數的加害者不會因為躲過了懲罰而有所悔改，他們要麼嘲笑受害者的雅量，要麼將躲過懲罰視為自己的能力或運氣。

尤其是那些年少自大的加害者，他們的行為更加過分。

如果是以前，洪在民會和他們一起笑鬧，但不知為何，他覺得嘴裡有股苦味，於是開始尋找他的背包，他本想拿出菸，但只摸到了隨便塞入的棒棒糖。

在進行六月模擬考的教室裡，試卷被輕輕翻動著，秒針的滴答聲讓學生們焦急不已，學生們不停地在試卷、答案紙和時鐘之間轉換視線，並用考試專用筆在答案卡上作答。

在以分鐘流逝的考試時間中，每當查看時鐘，都會被一股令人窒息的緊張感包圍。

「剩下五分鐘。」監考老師提醒了剩餘的時間。

有些人一邊解題，一邊用專用筆在答案卡塗上答案，但另外有些學生帶著後有野獸追趕的絕望，或是從懸崖跳下的急迫，現在才急忙地在答案卡上填寫，從筆尖劃過紙張的聲音中，可以感受到他們焦躁的心情。

「從現在開始，停止更換答案卡。就算換了也來不及在時間內完成標記。」⑩

只會增添緊張的警告對學生沒有任何幫助，他們一直埋首於試卷中，堅持解題到最後一刻，在這與時間賽跑的緊張氛圍中，考試結束的鈴聲終於響起。

「所有人，手離開桌面！坐在最後一排的同學，負責收答案卡。」

教室的最後一排幾乎同時傳來了推椅子的聲音，衝刺到最後一刻的宋理巘，因緊張感的突然釋放，整個人趴在桌上。

（未完待續）

注釋⑩　韓國學測考試中可更換答案卡，但考試時間剩餘五分鐘時，考慮來不及謄寫答案，依規定不得更換答案卡。

i小說 064

High School Return of A Gangster -2-
【黑幫變成高中生】

國家圖書館出版品預行編目（CIP）資料

黑幫變成高中生. 2– High school return of a gangster / 호롤著 ; 芙蘿拉譯. -- 初版. -- 臺北市 : 愛呦文創有限公司, 2024.07
面 ; 公分. -- (i小說 ; 64)
譯自 : 조폭인 내가 고등학생이 되었습니다 (High school return of a gangster)
ISBN 978-626-98197-7-5 第2冊; (平裝)

862.57　　113005446

愛呦文創

原書書名	조폭인 내가 고등학생이 되었습니다（High School Return of A Gangster）
作者	호롤 (horol)
譯者	芙蘿拉
封面繪圖	九月紫
Q圖繪圖	60
責任編輯	高章敏
特約編輯	羅婷婷
文字校對	劉綺文
版權	Yuvia Hsiang、Panny Yang
行銷企劃	羅婷婷
發行人	高章敏
出版	愛呦文創有限公司
地址	10691台北市忠孝東路四段59號10-2樓
電話	（886）2-25287229
郵電信箱	iyao.service@gmail.com
愛呦粉絲團	https://www.facebook.com/iyao.book
總經銷	聯合發行股份有限公司
電話	（886）2-29178022
地址	231新北市新店區寶橋路235巷6弄6號2樓
美術設計	張雅涵
內頁排版	陳佩君
印刷	沐春行銷創意有限公司
初版一刷	2024年7月
定價	340元
ISBN	978-626-98197-7-5

愛吻文創

愛呦文創